# 한겨레 이스라엘

# 탈출 투쟁사

저자 **에브라임** **오**

# 목차

　이 책을 설교 때마다 수많은 영감을 저에게 불러일으켜 주신 평생 존경하는 두레교회 김진홍 목사님께 바칩니다. 항상 나라 걱정과 그래도 다시 민족의 희망을 말씀하시는 목사님께 건강과 평강이 함께하시기를 기원드립니다.

이 글은 순전히 나의 상상에서 나온 글이나, 나는 나도 모르는 어떤 은밀한 곳에서 나의 마음을 움직여 이 글을 쓰게 하였다고 확신합니다. 처음에는 이 글을 쓸 때는 그냥 한번 써봐 식으로 생각하였는데 글 쓰는 도중 꼭 써야만 한다는 어떤 강한 충동이 밤늦도록 나를 자판 앞에 붙잡아 두었습니다.

이 책을 쓰게 된 계기는 우연히 우리 민족의 조상은 이스라엘의 한 지파이다, 라는 한 종교단체의 글이었습니다. 처음에는 웬 장난 같기도 한 말 같아서 그냥 흥미로 읽었는데 어떤 계기가 있어 정말 그럴 수도 있겠다는 데 생각이 미치자 이를 글로 꼭 써보아야겠다는 강한 생각이 들었습니다.

어떤 계기란 또 우연히 요즘 내 또래들이 잘 보는 유튜브를 검색하다가 이스라엘에서 선교사로 활동하신다는 윤순현 목사께서 브래드 TV에 출연하여 이사야 55장 5절을 얘기하시는 것을 보게 되었기 때문입니다.

### 이사야 55.5

보라 네가 알지 못하는 나라를 네가 부를 것이며 너를 알지 못하는 나라가 네게로 달려올 것은 여호와 네 하나님 곧 이스라엘의 거룩하신 이로 말미암음이니라 이는 그가 너를 영화롭게 하였느니라.

## 이사야 46.11

　내가 동쪽에서 사나운 날짐승을 부르며 먼 나라에서 나의 뜻을 이룰 사람들을 부를 것이라 내가 말하였은즉 반드시 이룰 것이요 계획하였은즉 반드시 시행하리라

　이런 구절을 알게 되었기 때문입니다.
　하나님의 말씀은 절대적으로 이루어짐을 이천 년이나 지난 후에 이스라엘이 다시 건국하는 것을 보면 어찌 조금이라도 의심할 수 있겠습니까?

　20세기 들어서 우리 겨레와 같이 가시밭길을 걸어 온 민족은 일찍이 없었습니다. 일제의 압박에서 벗어나자마자 동족상잔의 전쟁으로 인하여 원래 별로 있던 것도 없었지만 그것마저 모두 잃고 절망의 나락으로 떨어졌었습니다.

　내 어머니의 경우 이북 함흥에서 혈혈단신으로 피난 나오셔서 아버지와 만나 나를 낳았는데, 피난 나온 동기는 북에서 기독교인들을 탄압하였기 때문에 신앙의 자유를 찾아서 내려온 것이었습니다.

　정말 내 어릴 때만 하여도 정말 찢어지게 가난하여 점심을 굶는 학생들이 많았던 나라였었습니다.

그런데 갑자기 어떤 영웅이 나타나서 민족에게 희망을 이야기하고 그 옆에서는 1000년에 한 명도 나오기도 어렵다는 대경영자가 두 명이나 동시에 나타났습니다. 한국은 갑자기 앞으로 치고 나아가기 시작하였습니다.

특이한 점은 동방의 이 가난한 나라는 서양 선교사들이 들어오기도 전에 자기들끼리 먼저 믿음을 시작하여 선교사들을 불러들였는데 전 세계에서 이런 예는 어디에서도 찾을 수가 없는 것이었습니다.

그러니까 우리 겨레와 하나님과는 아주 오래전에서부터 어떤 이유로 아무도 모르는 예정된 끈이 은밀히 숨겨져 있었다고 봐야 하지 않을까 싶었습니다.

이 민족은 3.1운동을 통하여 전 세계 피압박민족으로서는 처음으로 온 겨레가 총궐기하여 무저항으로 제국주의에 저항하는 결기를 보여주어, 후에 인도나 중국 등 당시 피압박민족을 긴 잠에서 깨어나게 하는 큰 계기를 만들어 주기도 하였습니다. 이 모습 뒤에는 막 한국에서 걸음을 떼기 시작한 기독교의 믿음이 있었습니다.

해방 후 나라를 처음 세우는 제헌 의회의 시작은 당시 임시 의장인 이승만 박사의 요청에 따라 제헌 의원인 이윤영 목사의 기도로 이루어졌습니다. 당시 여러 종교를 가진 사람들도 있었지만 모두 고개 숙여 하나님께 기도로 올림으로부터 나라의 시작을 알렸습니다. 전 세계에서 하나님에 대한 기도로부터 시작된 나라는 대한민국뿐입니다. 그리고 이 나라의 국가인 애국가에는 하나님이 보우하심을 이야기하고 있는데 이는 기독교의 본고장이라는 서양 나라들에서도 없는 예입니다.

이 나라가 조금 배고픔을 면하자 전 세계로 많은 선교사를 파송하기 시작하였습니다.

이토록 짧은 기간 내에 기독교가 이렇게 퍼지고 하나님 믿기를 열정적으로 한 나라는 대한민국 이외에는 별로 없었습니다.

좀 더 살 만하여 올림픽을 개최하였고 이때 민주화되고 번성하는 모습을 전 세계에 보여주자 이 모습에 충격을 받은 동구의 공산권 나라의 사람들이 압제에 대항하기 시작하였다. 하나님을 무시하던 공산주의자들이 몰락하기 시작한 것이었습니다.

이 작은 나라는 계기 계기마다 전 세계 사람들을 각성시키는 촉매로써의 역할을 다하였습니다.

나는 이 모두를 우연이라고는 절대 보지 않습니다. 우리 민족의 지금까지 걸어 온 길에는 하나님의 어떤 절대적인 役事가 작용하고 있고 우리 겨레가 이런 사명을 깨달았으면 하는 마음에서 이 글을 쓰게 되었습니다.

백여 년 전 3.1운동 때 우리 겨레가 궐기하는 모습을 지켜본 인도의 시성 타고르는 코리아가 아시아의 횃불로 타오르리라는 것을 노래하였습니다. 나는 하나님이 이제 우리 겨레를 세계사에서 유래 없는 큰일에 쓰시려고 하시고 그렇게 쓰기 위해서는 먼저 잘렸던 민족의 허리를 다시 이어주시리라고 확신합니다.

그 일은 이 글이 나가고 아주 가까운 시간이 흐른 후 곧 이루어지리고 봅니다. 이스라엘 민족이 생각지도 않았던 키루스 대제에 의해 바비론 유수 70년 만에 해방되었듯이 그런 일이 하나님의 신묘한 역사에 의해 곧 이루어지리라는 것은 너무 당연한 일일 것입니다.

마지막 글은 단지파가 대동강 가에 도착하여 하나님께 감사로 드린 단 지파의 족장, 왕칸 단(단군왕검)의 기도로 대신하고자 합니다.

--- 주여! 지금까지 저희와 함께하여 주신 것 같이 앞으로도 항상 저희와 함께하여 주시고 혹시 어쩌다 바보 짓거리를 하더라도 긍휼히 여기시어 절대로 버리지 마시옵소서, 주여! 계속 인도하여 주소서.

2019년 봄의 길목에서 에브라임 오

이 책이 나오기까지 친구에 대한 우정으로써 많은 도움을 준 익성에게 사랑과 고마움 또 미안함을 보내며 내 하는 일에는 물심양면으로 언제나 힘이 되어 주신 우리 메인컴 장기호 사장께도 깊은 감사를 드립니다.

요즘 쓸쓸한 나에게 우정으로 페달을 같이 돌려준 영흥과 영환에게도 이 기회를 빌려 고마움을 전하며 무엇보다도 특이한 성질의 나와 같이 살아준 내 사랑
윤 여사와 내 강아지들에게 사랑을 전하고 싶다.

그리고 서로 조금도 모르는 사이이지만 이 책을 쓰게 된 처음의 단초를 만들어 주신 우리나라 중앙아시아 전문가 김정민 박사께도 이 책을 통하여 감사드립니다.

철이 드니 세상은 모두 감사할 일만 있습니다.

# 이스라엘 왕국

**이 이야기는** BC 725년, 그러니까 이스라엘 왕국 호세아왕 7년에서 라이스 지방 단에서 시작된다. 앗시리아의 왕 살만에셀 5세가 가나안(팔레스타인) 정복을 위하여 남쪽으로 쳐내려오는 과정에서 미리 항복한 성은 놓아두고 대적했던 성을 함락시킨 후 깡그리 불태우며 성의 우두머리들을 붙잡아 포로들이 보는 앞에서 그들의 생가죽을 벗겨내었다는 잔혹한 이야기가 이스라엘 왕국의 열 지파 중 하나인 단 부족이 있는 라이스의 단까지 올라왔다.

당시의 가나안 지방은 야곱의 열두 지파라고도 불리는 이스라엘의 열두 부족이 다른 이 족속들과 어울려 살고 있는 땅이었다. 그들 족속의 최초의 조상이라고 부르는 아브라함 때 하나님의 이끄심에 따라 갈데아 우르에서 수리아 지방의 하란을 거쳐 이곳 가나안으로 처음 들어왔을 때는 이방인 취급을 받았지만 그의 아들 이삭을 거쳐 손자 야곱의 때에 이르러서는 이 땅에 제법 자리잡기 시작하였다.

그러다가 가나안 땅에 심한 가뭄이 들었을 때 하나님의 신비한 섭리로 애굽에 먼저 들어가서 나중 총리대신까지 된 요셉의 보살핌으로 아버지 야곱 이하 모든 가족이 애굽으로 내려가서 그곳 고센 지방에 근거지를 잡을 수 있었다. 처음에는 총리대신의 집안으로 대접을 잘 받으며 지내다가 애굽의 지배 왕조가 바뀌자 노예 신세로 전락하여 400년간을 힘겹게 지내게 되었다.

이스라엘 사람들은 너무 힘들어 그들의 하나님인 여호와께 고통을 부르짖으니 여호와 하나님은 그들을 긍휼히 여기사 그들에게 하나님의 사람 모세를 보내어 애굽의 바로와 대결케 하였다. 모세가 갑자기 찾아들어 자기 백성을 내놓으라고 하자 애굽의 바로는 네가 누구냐 하며 우습게 대하여 주자 모세는 지팡이를 뱀으로 바꾸어 애굽의 요술사들이 요술로 만들어 낸 가짜 뱀을 삼켜버려 하나님의 능력을 보여 주었다.

바로는 겁이 났으나 히브리인으로 불리는 이들 이스라엘 사람들을 다 내보낸다는 것은 애굽의 산업이 붕괴됨을 의미하였으므로 끝내 버티다가 하나님이 계속하여 열 가지 재앙을 내리시고 마지막에는 바로 자신의 아들조차 죽게 하시자 드디어 바로는 굴복하여 이스라엘인들이 애굽에서 나가는 것을 허용하였다.

그러다 나중에 마음이 바뀐 바로가 군대로 다시 뒤쫓아 오자 이번에는 홍해를 가르시는 위대하신 기적을 연출하시면서 이스라엘 사람들을 애굽에서 빼내시었다.

애굽의 바로의 압제에서 빠져나온 그들 열두 부족은 갖은 고생을 하며 광야에서 40년간을 헤맨 후 애초에 하나님께서 그들의 조상 아브라함에게 약속하신 땅 가나안 앞에 당도하였으나 가나안 지방은 이미 빈 땅이 아니었고 이들이 애굽으로 내려 간 사이 벌써 다른 족속들이 그들의 땅을 차지하고 있었다.

광야에서 오랫동안 내공을 기른 이스라엘 사람들은 모세 사후 여호수아의 영도 하에 하나님의 언약궤를 앞세워 요단강을 건넌 후 여리고 성을 시작으로 아이 성 벧엘 성 등을 함락하여 가면서 가나안 땅 확보를 위한 16년간에 걸친 정복 사업을 시작하였다.

이들 이스라엘 사람들이 광야에 40년을 머무르게 된 것은 하나님을 신뢰하지 아니하고 계속 불평만 늘어놓자 하나님께서 이를 괘씸하게 여겨 그리 된 것인데 가나안 정복 후에도 하나님께서 이방 족속을 진멸하시라는 말씀이 있었지만 상대가 너무 강하여, 상대가 불쌍하여, 노예로 남겨서 부리려고 등의 이유로 타협하고 놓아둔 것이 나중에는 다시 이들 족속에서 침략 당하여 이들을 주인으로 모시게 된 때도 있었다.

아무튼 이 불평불만 많은 하나님의 백성들은 야곱의 열두 아들, 즉 순서대로 얘기하면 르우벤, 시므온, 레위, 유다, 단, 납달리, 갓, 아셀, 잇사갈, 스불론, 요셉, 베냐민들의 후손들이 이루는 부족들을 말하였다.

좀더 자세히 이야기하자면 그중 모세가 나온 레위 지파는 제사장 부족으로 하나님의 제사를 위하여 각 부족들 사이에서 흩어져 살았고 요셉 지파는 요셉의 큰 공을 생각하여 에브라임과 무낫세 두 개의 지파의 몫을 인정하여 주었다.

이스라엘 사람들이 처음이 조상 아브라함의 손자이자 야곱의 핏줄들인 이들이 처음 가나안 땅에 들어왔을 때는 같은 하나님께 제사를 지내는 느슨한 연합체 이었을 뿐이었다. 시간이 좀 더 지나자 가나안의 여러 부족들이 모두 왕을 모시고 강력한 정치 체제를 이루어가는 것을 본 이스라엘 백성들은 자신들의 되는 것도 없고 안 되는 것도 없는 신정 체제가 지겨워 만약 왕이 다스린다면 제대로 된, 좀 더 강력한 나라를 이룰 수 있지 않나 생각하게 되었다.

이런 백성의 요구를 그때 판관으로 활동하고 있던 선지자 사무엘은 처음에는 반대하여 응하지 않았으나 신정 체제의 답답함에 못 견딘 백성들이 왕정에 대한 욕구가 거세지자 사무엘은 백성들 중 그 세가 가장 빈약한 베냐민 부족에게서 한 사람을 뽑아 머리에 기름 부음으로 왕으로 삼았으니 이렇게 하여 이스라엘에서 처음으로 왕이 된 사람은 사울이었다.

사무엘이 굳이 베냐민 부족 사람을 택한 이유는 세가 강한 지파에서 뽑으면 전 이스라엘이 한 지파에게 휘둘리기를 원치 않았음이었다. 왕이 된 사울은 이스라엘의 여기저기를 다니며 이방인과의 싸움에서 많은 힘을 기울였으나 제일 약한 지파에서 뽑힌 왕이라 제대로 역할을 하기 어려웠다.

선지자 사무엘이 살펴보니 다른 여러 유력 지파들 사이에서 사울의 소집 요구에 적극적으로 움직여 주지 않고 있었다. 사울 또한 시기심이 많은 등, 성격적인 면에서 판단력이 좀 부족한 결함이 많은 자로서 이스라엘의 여러 지파들을 아우를 수 있는 통치력이 많이 부족하였다.

사무엘 선지자가 사울을 왕으로 선택한 것은 사울이 인물이 좀 괜찮게 보여서 그리하였던 것인데 나중에 지내고 보니 인물만 그럴싸했지 참으로 함량 미달이었고 눈에 벗어나는 머저리 짓을 계속하자 이에 선지자는 다른 방도를 모색하게 되었다. 사무엘 선지자는 생각을 아예 바꿔 이번에는 큰 지파에서 왕을 선발하여야겠다는 생각을 가지게 되었다.

이때 선지자의 머리에서 떠오른 인물이 유다 지파 이새의 막

내 아들 다윗이었다. 다윗은 블레셋족의 거인 골리앗이 이스라엘 사람들을 상대로 결투를 청하여 왔으나 골리앗의 엄청난 크기에 겁이 질린 이스라엘 사람들이 모두 피하고 아무도 나서는 사람이 없자 어린 몸으로 골리앗에 당당히 맞서 돌팔매 한 번으로 골리앗의 머리통을 깨트려 죽이고 이스라엘을 수치에서 건져내었던 것이다.

뿐만 아니라 다윗은 이스라엘의 열두 지파 중 가장 큰 부족인 유다 지파 소속이었으므로 사무엘 선지자가 생각하는 지도자 감에 걸맞았기에 다윗을 비밀리에 찾아가서 머리에 기름을 부어주고 앞으로 이스라엘 왕이 될 것이라고 하였다. 이를 알아차린 사울의 질투로 다윗은 사울에게 죽을 고비를 여러 번 넘기며 이스라엘 사람들의 원수라고 하는 모압 지방이나 블레셋으로 도망할 정도로 힘들게 지내기도 하였으나 이러한 고난 덕분에 더욱 성숙된 지도자 감으로 연단되어갔다.

사울이 블레셋 사람들과의 전투로 죽은 후 좀 더 자연스레 이스라엘의 왕이 된 다윗은 전략적인 사람으로 주위 지역을 여러 가지 방법으로 통합하면서 나라의 기초를 착실히 쌓아나갔다. 덕분에 그의 아들 솔로몬 왕 때는 그동안 축적된 힘을 바탕으로 레반트 지역을 거의 통일하여 강력한 왕국을 이루게 되기도 하였다.

그러나 솔로몬 사후 그의 아들 르호보암이 자신들의 출신 부족인 유다 지파만을 우대하고 다른 부족에게는 조세 등의 부담을 많이 지우자 이에 항의하는 북부의 열 지파들을 달래지는 않고 오히려 모욕하였으니, 이에 이들 열 지파가 반발하여 자기들끼리 따로 떨어져나가 세운 나라가 (북) 이스라엘 왕국이었다.

남쪽 유다 지파 바로 옆에 붙어있던 베냐민 지파는 이스라엘 부족 중 가장 용맹하기도 하였지만 반면 쓸데없는 자만심을 부려 같은 이스라엘 내 다른 지파들을 우습게보고 레위인 첩 사건으로 일으키매 다른 이스라엘 모든 지파의 공격을 받아 부족들이 거의 전멸에 가깝게 된 적이 있은 후에는 세가 많이 위축되어 나중에 비록 사울 왕 등을 배출하기도 하였으나 유대왕국이 망할 때까지 끝까지 유다 지파에 붙어서 지내게 되었다.

( 포로의 가죽을 벗기는 앗시라아 병사의 부조, 대영박물관)

# chapter 2
# 앗시리아

**지금 얘기의 시초**가 된 앗시리아는 앗수르라는 곳에서 일어난 아람족 계통의 작은 나라로부터 출발하였다. 처음에는 주위 부족들에게 몇 번 싸움을 걸어 이기고 대가로 조공을 받기 시작하자 농사만 짓던 이 사람들은 이것이 꽤 괜찮은 사업임을 알아 차렸다. 이제는 온 나라와 온 족속이 정복 사업에 매진하여 그 세를 크게 확장하여 나갔다. 이들에게서는 전쟁에 능한 왕들이 계속 나와 주었고 전쟁 기술을 개발하는 일에도 열심을 기우려 이들의 공성술이라든가 방진법 등은 후세의 오리엔트 세계의 전쟁에서는 표준으로 자리 잡게 된다.

이 앗시리아가 이처럼 강성하게 될 수 있었던 이유는 메소포타미아에서 가장 먼저 철기를 쓰기 시작한 헷 사람들의 바로 옆에 자리잡은 덕분에 근방의 다른 족속들보다 일찍이 철기를 받아들여서 전쟁 장비들을 빨리 철기로 만들어 쓰기 시작한 것과 극도로 잔인한 전쟁 원칙과 방법에 기인한 점도 많았다.

그중 제일의 절대적인 원칙은 자신들에게 반항한 적은 조금도 용서하지 아니하고 포로들을 갖은 잔인한 방법으로 죽이는 것이었다. 이러한 행동은 주위 나라에 공포를 유발하여 적을 정신적인 면에서부터 먼저 눌러버리는 둥 적절히 써먹을 수 있었기 때문이었다.

　무엇보다도 이 잔학한 족속은 이러한 행동을 크게 자랑으로 생각하여 그들의 수도인 니네베에 있는 왕궁의 벽면에는 그간 왕들의 업적이라고 온통 적의 사지를 자르거나 포로들의 코에 밧줄을 끼워서 끌고 다녔다든가, 많은 적들의 살가죽을 벗겨내어 그 가죽으로 큰 기둥 하나를 완전히 덮어버리는 장면을 새겨놓고 자신들의 왕들은 위대한 정의의 왕이라고 떠들었다. 다른 나라에서는 사절로 왔다가도 이 장면을 보고 나서는 위축되어 버렸다. 이들은 다른 족속과 전쟁도 하기 전에 한 점 깔고 들어갈 수가 있었던 것이다.

　앗시리아 사람들은 정복 사업을 시작한 이래, 전부터 하던 농사 등 다른 일은 다 집어치우고 이제 온 국민들이 오로지 정복 사업에만 매진하여 정복당한 사람들에게 빼앗은 것으로만 살기 시작하였다. 또 그것을 유지하기 위해서는 정복당한 사람들에게는 공포심을 일으키는 잔학한 정책을 끊임없이 계속하였으니 이것이 나중에는 관성이 되어 그들 스스로 어떻게 할 수 없을 정도로 국민성이 점점 더 잔학해져만 갔다.

앗시리아가 다른 족속들을 정복하는 것을 보면 먼저 앗시리아 군은 쳐들어가기 전에 먼저 사절을 보내어 목표로 정한 성의 사람들을 한 번 을러 보는데, 미리 알아서 항복하면 목숨만은 확실하게 살려준다는 것과 자기들 신을 두고 약속하니 그 약속은 꼭 지키겠다는 말을 하였다. 그리고 기한을 정해주고 시한을 넘기면 모두 어림없다고 엄포를 놓고 돌아가면 성 안에서도 자기들끼리도 항복을 하자, 말자는 등의 격렬한 논쟁이 벌어졌다.

겁이 많이 난 상대방은 그리하여 그냥 항복하면 이 늑대 같은 족속은 당장 죽이지는 않지만 항복한 성의 남자들을 다음 공격할 성으로 데리고 가서 몽둥이 하나와 나무방패 하나씩 나누어 준 후 화살받이로 성벽으로 올라가라고 윽박지르고 조금이라도 뒤처지거나 이탈하는 자는 이들이 뒤에서 쏘아대는 화살과 창에 찔려 죽어야만 했다.

이러면 대개 화살받이로 동원된 항복한 성의 남자들은 7~8할이 죽어나갔고 재수 좋게도 공격한 성이 빨리 함락되거나 공격 도중 손을 들어버리면 이제 이들은 풀어주고 마지막 항복한 성의 남자들은 앞의 사람들을 대신하여 앗시리아 군의 다음 목표로 또 줄줄이 끌려가서 몽둥이와 나무방패 하나를 가지고 성벽으로 올라가다가 돌에 맞거나 뜨거운 물에 데여 죽었다.

앗시리아 군이 적을 공격할 시에는 자기들은 뒤에 버티고 서서 이 화살받이들을 적의 성벽에 다가가게 앞으로 내몰며 이러한 여러 차례 파상 공격을 되풀이하다가 이제 상대방이 완전 힘이 다 빠지고 화살도 거의 소모되었다고 판단하는 시점에 이르게 되면 앗시리아 군의 본대가 총 공격을 감행하여 성을 깨뜨리는 것이 앗시리아 공격의 전형이었다. 그때쯤에는 열에 아홉으로 상대방의 성이 함락되기 시작하였다.

적의 성이 떨어지면 앗시리아 군은 먼저 항복한 자를 돌려보내 주는 과정에서 너희들의 다 죽일 수도 있지만 신과의 약속은 지켜져야 하는 것이기에 돌려보내 주는 것이라는 말을 하며 자기들의 위대하신 왕의 하해와 같은 은혜를 잊고 배신하면 다음에는 국물도 없다며 이를 단단히 마음에 새겨두라고 겁을 주었다.

그리고 무엇보다도 이 화살받이들을 사시나무 떨리듯 떨게 한 것은 앗시리아 군은 실제로 방금 함락된 성에서 사로잡은 적의 우두머리들의 살 껍질을 벗기고 있는 장면을 보여주며 자신들의 말이 절대 허언이 아님을 확인시켜주는 것이었다.

완전 멘붕 상태에서 고향으로 터덜터덜 돌아온 그들 앞에는 앗시리아 군에게 더할 수 없는 곤욕을 당할 만큼 당해서 정신이 완전히 나가버린 자신들의 아내와 딸들이 있었다. 문제는 그것으로 끝난 것이 아니라 이제부터는 거주지를 앗시리아 군이 정해 주는 몇십 일 걸어야 갈 수 있는 제국의 반대편으로 옮겨가야만 했다.

앗시리아는 제국 내의 먼저 항복하였던 지방의 사람들을 불러들여 나중에 항복하였던 지방으로 옮기게 하고 나중 항복하였던 지방 사람들은 먼저 항복하였던 사람들의 살던 곳으로 들어가게 하였다. 그런데 그 위치는 적어도 걸어서 보름 이상 떨어진 곳이었다. 앗시리아가 굳이 이렇듯 여러 족속의 사는 위치를 맞바꾸어 버리는 것은 근거지를 잃어버린 다른 족속들이 다시 그게 일어서는 것을 방지하기 위한 고두의 정책이었다.

옮기는 과정에서도 앗시리아 군은 어린아이들은 옮기는데 짐이 된다며 아이의 다리를 잡고 바위에다 머리를 패대기치는 잔인의 극치에 이르는 짓을 조금도 거리낌 없이 하였다. 행진을 하다가 아녀자와 노인들이 길거리에서 처지면 이들은 앗시리아 군인들의 창에 찔려 죽어야만 하였다.

앗시리아 군의 공격 목표가 된 나라와 성들은 이들과 대적해서 한 번 싸워볼 것인가, 아니면 그냥 항복할 것인가 결정하는 것은 그들 우두머리들에게는 정말 극심한 선택의 문제였다.

## chapter 3
# 단 지파

**이스라엘 사람들의** 조상 아브라함의 아들 이삭에게는 쌍둥이인 아들, 에서와 야곱이었는데 둘은 성질이 반대라 형 에서는 활동적인 사람이었고 반대로 야곱은 조용한 성격이었으나 모사가 있었다. 팥죽 한 그릇으로 형 에서에게 장자권을 빼앗고 또 사기를 쳐서 아버지가 맏아들 에서에게 주는 축복을 훔치었으니 이를 눈치 챈 사나운 에서가 어떻게 할까 겁이 나서 어머니 리브가의 조언으로 먼 길을 달려 하란에 있는 외삼촌 라반에게로 도망하였다.

라반은 도망쳐 나온 야곱의 막다른 처지를 이용하여 종같이 부려먹었다. 야곱이 자기 딸 라헬을 사랑하는 눈치를 보이자 아예 라헬을 준다고 조건을 달아서 칠 년을 거저 부려먹고 나서 신방에 밀어 넣은 딸이 한 눈이 애꾸인 큰딸 레아인지라 속은 야곱이 따지자 자기 고향에서는 언니보다 동생을 먼저 치우는 예는 없다는 핑계를 대며 그러니 라헬을 데려가려면 다시 칠 년을 일하라 하였다.

라헬을 몹시 사랑했던 야곱은 이에 따랐고 야곱은 빈털터리 신세에서 두 여자를 데리고 살게 되면서 성실히 일하였고 무엇보다도 하나님의 도우심으로 나중에는 거부가 되었다.

어째든 한 남자의 아내가 된 친자매 사이인 레아와 라헬은 남편의 사랑을 차지하기 위하여 치열한 경쟁을 벌였는데, 남편의 사랑을 별로 못 받은 레아에게는 대신 하나님이 자궁을 열어주는 축복을 내려 자식을 잘 낳았지만 정작 야곱이 사랑한 라헬에게는 자식이 안 생기는 고로 고심한 라헬이 자기의 여종 빌하를 야곱에게 들여보내어 자식을 낳게 하고 자기가 낳은 것 같이 기운 아들이 단이었는데 야곱에게는 다섯째 아들이었다.

라헬은 하나님이 옳은 판단을 하셔서 자기에게 아들을 주시었다고 그 아들에게 심판이라는 뜻의 단이라고 이름 지었다. 이 단이란 뜻은 마지막 결정이란 뜻도 있다고 하였다. 야곱의 아들, 단은 라헬의 자식이라고 하나 실제로는 첩인 빌하의 자식이었을 뿐이고 제일 큰형인 르우벤과 어머니 빌하의 통정 사건을 알게 된 후에는 성격이 더욱 그늘져졌고 조용한 사람이었다고 한다.

이 단의 자손들이 지금 시작하는 이야기의 주인공인 여기 이스라엘 열두 지파의 하나인 단 부족이다.

이 단 부족이 어떻게 하여 머나먼 이 땅, 이 아시아 대륙 동쪽 맨 끝에 있는 한반도로 오게 되었냐 하는 것을 이야기하고자 한다.

그때 단 부족의 족장은 하나님이 붙잡아 주시었다. 라는 뜻의 이름을 가진 아하스라는 중년의 남자였다. 그는 비교적 젊은 나이에 족장이 되어 단 부족을 지난 십 년 동안 무리 없이 잘 이끌어 왔으나 가나안 해안 지방에서 지금 앗시리아에 의해 자행되어 지고 있다는 살벌하기 그지없는 살육의 이야기들을 전해 듣자 정말 어떻게 해야 하는지 마음의 갈피를 도저히 잡을 수가 없었다.

그곳 단에서 빠른 걸음의 숫나귀로 이틀을 내려가면 북 이스라엘의 도성 사마리아가 있었으나 이스라엘 백성들에게 그곳에 있는 왕이란 세금이나 뜯어가는 좀 귀찮은 존재일 뿐 그들의 왕이 어찌하여 줄 것이라고 믿는 바는 조금도 없었다.

이스라엘 백성에게 사마리아에 있는 왕에게 무엇을 바란다는 것은 숫양에게 새끼 낳기를 바라는 것과 같은 것이었다.

북 이스라엘의 왕들이 하도 자주 바뀌어서 왕이 바뀌었다는 얘기를 듣고 각 지파의 족장들이 날을 잡아서 수하의 장로들을 데리고 왕께 인사하러 도성 사마리아로 올라가는 도중 왕의 관리 복장을 입고 내려오는 자를 만나 물어보니 왕이 바뀌었다는 전갈을 가지고 각 부족으로 내려가는 도중이기도 하였다.

사마리아 성의 왕들이란 그들의 초대 왕인 여로보암이 솔로몬의 성전 공사 감독으로 있으면서 세를 규합하여 오다가 솔로몬 사후 반란을 획책하여 스스로 왕이 된 것으로 비롯하여 힘 있는 자가 왕이 되는 것이 나중에는 거의 전통이 되다시피 반복되었으므로 북 이스라엘 왕국이 크기는 남 왕국 유대보다 훨씬 더 컸으나 왕들의 권위와 정통성이란 다윗의 가계가 계속 내려가고 있는 남 왕국 유대에 비하면 형편없었다.

북 이스라엘에서는 여로보암 사후 왕의 부하 중 힘 좀 있는 자가 전왕을 시해하고 왕이 되는 사례가 되풀이되고 있었다. 심한 경우 몇 개월마다 왕이 바뀌었고 북 이스라엘의 왕들이란 이제는 누가 왕이 되었다고 하면 그 왕이 북 이스라엘 열 지파 중에 어느 부족에 속하느냐 것이 중요시되어 그 왕이 속한 부족에서나 왕 대접을 좀 받았을 뿐 다른 부족 사람들은 소 닭 보듯이 아예 다른 나라 왕같이 여겨서 왕이 각 부족에게 보내는 여러 명령 등이 제대로 먹히는 것이 거의 없었다.

좀 오래전이지만 사사시대만 해도 소집 명령은 절대 무시해서는 안 되는 것으로 이스라엘의 모든 지파들이 모여서 레위인 첩 사건을 일으킨 베냐민 부족을 혼내려고 소집 명령을 내렸을 때 군인들을 안 보내주고 모른 체한 야베스길르앗 사람들은 이스라엘 전 지파 사람들의 총공격을 받아 어린 처녀들만 제외하고는 전부 죽임을 당한 적도 있었다.

계속 올라오고 있는 소식은 앗시리아 군이 시돈을 깨트리고 성의 우두머리들의 생가죽을 벗겨내고 나머지 남자들은 모두 다음 목표인 티레로 끌고 가서 화살받이로 쓰고 있는데 티레가 계속 완강하게 버티자 시돈 남자들은 여러 번의 일제 공격에서 티레 성에서 날아 온 화살에 맞거나 돌에 맞아 이제는 거의 다 죽어버려서, 화살받이가 없어진 앗시리아 군은 미리 항복했던 근처 성읍의 남자들을 모두 끌고 와 화살받이로 몰아세우고 있다는 살벌한 얘기였다.

앗시리아 군이 지금은 가나안의 해안지방을 휩쓸고 있지만 그곳을 다 평정하고 나면 결국 사마리아 성까지 쳐들어 올 것은 명확한데 왕이 버티어낸다 하여도 이 이리떼들이 지방으로 분탕질을 하러 여기저기 쑤시고 다니다가 결국 단까지 올라올 것은 시간상의 문제이지 확실하게 보였다.

당시 군대란 따로 급여가 따로 없었으므로 전쟁에서 적에게 뺏은 전리품을 나누어 갖는 것이 일반적인 행태이었고 그래서 크게 한탕하는 것이 군인들의 희망 사항이었다. 왕이나 군대의 상층부도 병사들의 불만을 달래고 사기를 올리려면 이보다 좋은 방법이 없었기에 이를 허용하였을 뿐 아니라 장려하기도 하였다. 이렇게 하는 것이 적의 예기를 미리 꺾어 놓는 심리적인 면도 있었기 때문이었다.

단 부족의 조상들이 어쩌다 여기 라이스에 원래 있던 사람들을 몰아내고 이곳을 차지하였지만 단 사람들은 전에 블레셋 사람들에게 형편없이 밀리는 둥 군사적으로는 다른 이스라엘 부족에 비교해도 좀 그렇고 그런 편인데 그런 자기들이 이 지역 최고의 군사 강국 앗시리아에 맞선다는 것은 아무리 생각하여도 도저히 답이 없었다.

# chapter 4

# 성소

**단 부족의 사람들은** 자신들이 군사적인 재능은 별로였지만 대신 자기들이 갖고 있는 큰 장점을 하나 발견하였는데 라이스의 위치가 당시 레반트 최고의 장사꾼이라는 아람 사람들 바로 옆이라는 것을 깨달았다.

아람 사람들은 오래전부터 동방의 유향과 몰약 등 각종 약재와 보석을 가져다 팔면 상당히 비싸게 팔 수 있음을 알고 일찍이 대상 무역을 시작하여 이곳 레반트 지역의 상권은 이들 아람 사람들이 모두 장악하고 있었다. 단 사람들은 그런 아람 사람들에게 물건을 받아서 다시 이스라엘 여러 부족들에게 되팔면 꽤 괜찮은 이문이 나는 것을 알게 되었다.

이스라엘 사람들은 그들의 최초의 조상 아브라함과 또 아브라함의 아들이자 조상인 이삭의 아내인 리브가 뿐만 아니라 라반의 딸들이자 조상 야곱의 아내인 레아와 라헬 모두 아람인의 피를 받았기에 아람 사람들도 조상을 함께하는 같은 핏줄로 인정하여 이스라엘 사람들과는 아람 사람들 사이는 괜찮은 편이었다. 사실 말도 히브리 말과 아람 말은 쓰는 단어가 거의 비슷하여 이스라엘 사람들이 조금만 배우면 금방 알아들을 수가 있는 말이 아람 말이었다.

그래서 단 사람들이 젊어서 장사에 뛰어들 때에는 아람 사람들이 운영하는 대상에 끼어서 장사를 시작하는 경우가 많았다. 당시 대상이란 낙타 상인을 말하는데 이들은 지역과 지역 사이를 오가며 상품을 교역하였다. 이들은 물 없는 사막이나 낭떠러지를 끼고 있는 험준한 산 등을 가리지 않고 움직였고 무엇보다도 도저히 득실 되는 곳도 지나는 듯 대상에 들어간다는 것은 상당히 위험한 일이어서 잘못되면 이름도 알 수 없는 곳에서 삶을 마칠 수도 있었으나 수완 좋은 단 사람들은 이로써 성공한 상인들이 많았다. 단 사람들이라며 이스라엘 사람들 중 최고 부자라는 소문이 나서 이걸 털어먹기 위해서라도 앗시리아 군이 꼭 쳐들어 올 것이 자명하였다.

특히 이곳 단은 북 이스라엘의 초대 왕 여로보암이 자기 밑의 백성들이 하나님을 경배하기 위하여 남왕국 유대의 전왕 솔로몬이 만들어 놓은 예루살렘의 성전으로 계속 찾아가자 백성들의 마음이 다시 돌아설까 걱정하여 북 이스라엘 왕국의 남쪽인 세겜과 북쪽 끝에 있는 이곳 단도 성소라고 정하고 큰 황금송아지를 만들어 하나님의 표징이라며 경배하게 하였는데 이스라엘의 지각이 있는 사람들은 이것이 순 엉터리라는 것을 알고 있어 별로 인기가 없었다.

그러나 당장 예루살렘의 성전을 오고가기 불편한 부근의 평민들은 일이 있을 때마다 제사를 지내고자 단의 성소에 찾아들어서 이곳에서 제사 비용으로 쓰는 금과 은이 많이 들어왔고 그 밖의 부수적으로 생기는 수입도 상당하여 단은 이스라엘의 다른 곳에 비하여 훨씬 부유하여 북 이스라엘 왕국 내에서는 비중이 꽤 중요한 곳으로 알려져 앗시리아 군이 절대 그냥 놓아 둘 수 없는 곳이었다.

성소 얘기가 나왔으니 하는 말인데 단의 족장 아하스는 젊어서부터 장사를 하느라 세상 많은 곳을 돌아다니며 여러 나라 사람들이 자기들 신을 어떻게 섬기는지 살펴보았고 이곳의 다른 장로들도 세상을 많이 돌아본 사람들인지라, 어쩌다 장사차 예루살렘에 갔다가 그곳 성전에 들렸다 들어오면 다들 예루살렘 성전만을 진짜 성소로 생각하게 되어 고향에 돌아와서도 단의 성소에는 시큰둥한 것이 이곳 단 지배층의 아이러니였다.

족장 아하스도 다른 사람들을 따라 단의 가짜 성소에는 딱 한 번 올라가서 그곳에 있는 금송아지를 보고 왔는데 저런 금송아지 따위가 무슨 일을 할 수 있을 까 생각이 들고 우습기도 하여서 그 후에는 올라 간 적이 더는 없었다.

# chapter 5

# 장로회의

**단 부족의 장로들도** 아무래도 빨리 만나서 서로 하고픈 얘기들을 나누었으면 하고들 있었지만 도대체 어떻게 무슨 말부터 꺼내야 할지 입이 안 떨어져 서로 눈치만 보는 있는 것 같았다. 지금 상황에선 대책이란 무엇이며, 그래 대책이 있다하여도 진짜 어떻게 할 수가 있다는 말인가? 너무나 강한 앗시리아 앞에서 자기들 단 부족이 도대체 어쩌란 말인가. 누가 무슨 말을 꺼내던지 그 말의 책임은 엄하고 중한지라 서로 말을 아끼고 있는 것이었다.

족장 아하스는 어쨌든 일단 장로회의를 열어서 작금에 일어나는 상황에 대해 장로들의 의견을 듣기로 하였다. 나귀를 모는 3명의 몸이 잽싼 심부름꾼들을 단의 열두 집안의 장로들에게 나흘 후의 족장이 상주하는 단의 집회소로 모두 모여주시기를 바라는 전갈을 보내면서 아시다시피 상황이 매우 촉박하오니 늦지 말기를 바란다는 말을 덧붙였다. 단 근처에 사는 장로들은 문제가 없었으나 좀 멀리 떨어져 하루하고 밤 종일 걸음에 있는 집안들이 걱정되었던 것인데 모든 장로들은 어김없이 정오까지 모두 맞추어 와 주었다.

　장로들의 얼굴에는 요즘 돌아가는 상황을 모두 알고 있는지라 긴장한 빛이 역력하였다. 열두 집안(마을)의 열두 장로와 특별히 레위인 요나단 집안의 제사장도 참석하라고 하였다. 이스라엘에서는 하나님이 정하신 규례에 따라 제사장은 야곱의 세 번째 아들 레위의 후손들인 레위 부족 레위 사람만 할 수 있었기에 이곳 단의 제사장도 레위 사람이었고 이곳에서 처음 제사장으로 역할을 시작한 사람은 요나단이란 레위 사람으로서 이때도 그의 자손들이 대대로 제사장을 맡고 있었다. 보통 장로회의에는 제사장은 참석 안하나 특별히 중요한 회의가 열릴 경우 참석시키는 관례가 있었다. 족장은 좌정한 후 각 장로들의 자식들의 결혼 이야기 등을 꺼내면서 분위기를 풀어보려고 하였으나 장로들이 모두 긴장하고 있음을 느끼고 차라리 빨리 본론으로 들어가는 것이 낫겠다고 생각하였다.

## 족장 아하스
-- 존경하는 장로님들, 시간이 엄중하여 서로 얘기해보고자 모이시도록 하였습니다. 다 아시리라고 믿습니다만 앗시리아 군이 시돈을 떨어뜨리고 티레를 공략 중이라는데 이제 함락은 시간문제라고 봅니다.

여기까지 얘기를 마쳤을 때 종이 들어와서 사마리아 성에서 왕의 장관이 왔다는 것을 알려주었다.

## 족장

-- 장로님들, 마침 사마리아 성에서 왕의 사자로 장관이 직접 오셨다니 모셔서 먼저 얘기를 들어보도록 하겠습니다.

왕의 장관은 회의장 안으로 모셔졌다.

## 족장

-- 장관님, 오늘은 저희 부족의 회의 날이어서 마침 저희 부족의 장로님들이 다 모였습니다. 전하시고 싶은 얘기를 하십시오.

왕의 장관은 아하스의 눈치를 보며 말하기 시작하였다. 수시로 왕이 바뀌어서 왕의 권위란 떨어질 만큼 떨어져서 왕의 사자들은 지파의 족장들을 상대할 때는 무척 조심스러워 하였다. 이 장관이라는 자는 지금 사마리아의 왕 호세아가 평민일 때부터 호세아 집안의 집사로 있던 자로 호세아가 왕이 되자 장관으로 벼락출세를 한 자였는데 눈치는 하나는 빠삭한 사내였으니 지파들에게서 국물이라도 얻어 가려면 지파 족장들에게는 왕의 사자라고 조금도 끗발을 세우지 않고 족장들의 비위를 잘 맞추는 것이 중요하다는 걸 알고 있었다.

이 자가 모시고 있는 당시 사마리아의 왕 호세아는 앗시리아의 전왕 디글랏 빌레셀의 도움을 받아 모시고 있던 사마리아의 전왕 베가를 죽이고 왕이 된 자였는데, 디글랏 빌레셀 때는 앗시리아에 조공을 잘 바치다가 디글랏 빌레셀이 죽고 난 후 그의 아들 살만에셀이 왕이 되자 좀 우습게 생각하였던지 애굽과 손잡고 조공을 아예 끊어버렸기에 이처럼 앗시리아가 쳐들어오게 한 장본인이었다.

즉 감당하지도 못할 일을 저지른 자로서 이스라엘의 여러 지파들에게서는 왕이지만 완전 머저리 취급을 받고 있었다.

## 장관

-- 존경하는 아하스 족장 어른, 또 훌륭하신 집안의 어른들이신 장로님들, 좋지 않은 소식을 가지고 와 전하는 제 마음이 무겁기 한량없습니다. 벌써 아실지 모르겠지만 시돈이 앗시리아 군에 떨어졌고 티레도 그제 떨어졌다고 합니다. 또 이제부터는 앗시리아 군이 아무래도 우리 사마리아 성을 포위하려고 올 것 같습니다.

장로 중 한 사람이 앗시리아에게 조공으로 준다고 공물을 추가로 걷어간 지가 얼마 안 되었는데 그것을 받고도 쳐들어왔냐고 장관에게 따지듯 물었다. 장관은 앗시리아의 공물 요구가 점점 거세져서 차라리 이집트와 손잡고 하면 승산이 있을 것 같아 어떻게든 한 판 해보려는 참이었는데 블레셋 놈들이 앗시리아에 일러 바쳐서 사단이 난 것이라고 하였다.

그러자 따지기 좋아하는 다른 한 장로가 "우리는 눈이 없는지 아느냐 귀가 없는지 아느냐 앗시리아에 바친다고 금과 공물을 더 가져간 후 앗시리아에 주지는 않고 왕궁 건축에 쓴 것을 다 알고 있다"고 하자 장관은 얼굴이 벌게지면서 성벽이 좀 안 좋은 데가 있어서 고쳤고 덕분에 성벽은 더 튼튼하여졌다고 했다.

장관은 지금 각 지파들에게 부탁하려는 것은 농성전을 벌리려면 식량이 필요한데 당장이라도 성 앞으로 앗시리아 군이 들이닥칠 것이기에 성문을 닫는 것이 급하니 지금 되는대로 식량을 모아주시면 좋겠고 식량을 갖고 갈 군인들도 데리고 왔다고 하였다.

### 그러자 아하스는

-- 장관님, 저희도 요즘 추수가 시작되기 전이라 곡물 사정이 좋지는 않으나 어떻게든 모아서 드리도록 하겠습니다. 이건 제가 여러 장로님들과 상의해야 할 일이오니 잠시 밖에 계시면 빨리 결론 내어 드리겠습니다.

장관은 밖에 나가있고 장로들하고 토의하였는데 앗시리아

군을 결국에 이 땅에 까지 끌어들인 꼴도 보기 싫은 호세아 왕에게는 국물도 없으니 되는대로 조금만 주자는 의견이 다수 의견이었으나 아하스는 지금은 감정대로 하면 절대 안 되고 되는대로 많이 주자고 하였다. 냉철하기로 소문난 이 단 부족의 족장은 왜 그래야만 하는지 이유를 설명하였다.

## 족장

-- 저도 기분대로라면 보리 한 톨도 주기 싫습니다. 그러나 사마리아 성이 잘 버티어 주고 시간을 끌어주어야 우리에게 어떻게 할 수 있는 시간을 버는 겁니다. 아무튼 사마리아 성에다 앗시리아 군을 최대한 오게 붙들어 놓아야 합니다.

장로들은 역시 우리 족장님의 지혜에는 당할 사람이 없다며 칭송한 후 큰 공용 창고 하나를 열어서 다 보내주기로 하였다.

그러나 막상 사마리아의 장관도 식량을 갖고 갈 군인들을 급히 데려오느라 많이들 못 왔고 가져갈 마차나 나귀도 턱없이 부족하여 더 가져가려고 해도 가져갈 수 없었다. 사실 장관이 정말 하고 싶었던 얘기는 장정들의 차출이었으나 전혀 분위기가 아니어서 바쁘기도 하여 황망 중에 식량만 가지고 떠나갔다.

그날은 사실 더 얘기할 것도 없고 상황이 모두 파악되었던지라 족장은 장로들께서는 모두 마을에 돌아가셔서 비상대기를

하여 주시고 족장은 올라오는 정보를 수집하여 신속히 알려주
겠다고 하는 선에서 회의를 끝내었다.

# chapter 6

# 계시

**장로들이 돌아간 후** 아하스는 저녁은 금식을 하며 기도를 드리기로 하였다. 마음의 평정을 잃은 단 부족의 족장, 아하스는 밤을 새워 거룩하신 하나님께 기도를 드렸다.

-- 전능의 하나님! 도대체 어찌할지 모르겠습니다. 정말 어찌할지 조금도 모르겠습니다. 저희가 미련하여 주님께 그동안 많은 잘못을 저질러서 저희를 혼내시려는 것을 아옵니다. 하오나 주님! 버러지 같은 저희를 단지 긍휼히 여기시어 살길을 열어주소서. 이 난국을 헤쳐 나갈 지혜를 주시옵소서.

아하스는 눈물을 흘리며 자기 족속의 길을 열어달라고 하나님께 간절하게 기도를 드리다가 새벽녘에야 그 자리에서 바로 엎어져 잠이 들었다.

거룩하신 하나님이 이스라엘 단 부족의 족장 아하스에게 나타나시었다.

-- 단 부족의 족장 아하스는 놀라지 말거라 나는 네 조상 아브라함의 하나님, 이삭의 하나님, 야곱의 하나님, 단의 하나님이니라. 나는 너에게 앞으로 할 일을 알려주려고 한다.

-- 주여! 저 같은 미물 앞에 나타나시다니 단지 황송할 뿐입니다. 만유의 하나님이시여!! 만약 저에게 하실 말씀이 있으시면 제가 한참 모자라서 제대로 받들 수나 있을까 걱정되옵니다. 하오나 말씀하시옵소서.

거룩하신 하나님께서는 단 부족의 족장 아하스에게 이렇게 말씀하시었다

-- 너는 네 족속을 이끌고 여기를 떠나 내가 멈추라 할 때까지 계속 동쪽으로 향하여 가거라. 속히 떠나거라.

아하스는 눈을 떴다. 꿈은 꿈같은데 분명히 꿈은 아니었다, 하나님께서 나 같은 미물에게 분명히 나타나시다니 아하스는 벅차오르는 감정을 억제 못하여 눈물로  다시 감사의 기도를 드리고 주님의 말씀을 신속히 이행할 것을 다짐하였다.

단 사람들의 족장, 아하스는 다시 장로회의를 열기로 결심하였다. 마침 그날은 안식일이라 심부름꾼을 보내지 못하고 다음 날 새벽 동이 트자마자 나귀 탄 3명의 전령에게 '장로님들

께서 왔다 갔다 하시느라 제대로 쉬시지도 못하셨을 것이오나 상황이 워낙 시급하오니 장로님들께서는 다시 단의 집회소로 되도록 빨리 올라오셨으면 한다.'는 말을 전하게 하였다.

그런데 아하스는 그렇게 조치를 하였음에도 막막한 생각이 들었다. 갑자기 전 부족을 이끌고 동쪽으로 가자고 하면 장로들이 도대체 어떻게 반응할까 하는 것이었다. 아하스가 사는 단은 주위 여러 곳에 비교하면 유독 풍요로운 곳이었다.

몇 세대 전 애굽에서 탈출한 이스라엘 열두 지파의 조상들이 가나안 입성 시기, 이 입성을 지도하였던 그들의 영도자 여호수아 앞에서 제비뽑기로 땅을 기업으로 나누었는데 그때 단 지파가 기업으로 받은 땅은 소라와 에스다올 사이에 있는 좁은 땅이었다. 다른 지파의 분깃에 비하여 크기는 작았으나 풍요로운 곳이었다. 그러나 불행히도 그곳에는 가나안에 있는 이방인 중 가장 강하다는 블레셋 사람들이 살고 있었다.

이때 이스라엘 사람들은 애굽에서 올라온 지 얼마 안 되어 애굽에서 쓰던 청동기를 그대로 갖고 와서 청동기를 병기로 사용하고 있었으나 블레셋 사람들은 벌써 오리엔트에서 제일 먼저 철병기를 쓰기 시작한 헷 사람들의 철기 제조법을 전수받아 많은 무기를 철병기로 무장하고 있었다. 또 블레셋 사람들의 원래 조상은 그리스 계통이었으므로 셈족 계통이었던 이스라엘 사람들보다 체격 적으로도 훨씬 우월하였다.

숫자를 믿고 이들과 몇 번 겨루어 본 단 부족은 계속 패하여 부족의 남자들이 삼분지 일로 줄어드는 등 심각한 상황에 처하기도 하였다. 블레셋 사람들에게 밀린 단 부족의 조상들은 그곳 산지 가파른 곳으로 쫓겨나 거기 붙은 조그만 땅뙈기에서 농사를 지으며 겨우 살다가 삼손의 사건 등을 겪으면서 도저히 블레셋 사람들은 이길 수 없다고 판단하고 정탐꾼들을 가나안의 제일 위쪽으로 올려 보내어 살 장소를 살피게 하였다.

드디어 어기가 좋은 것을 알게 된 단 부족의 조상들은 당시 라이스 지방이라고 하던 이곳에 전 부족의 남자들이 무장하고 올라와서 당시 이곳에서 느긋하게 살고 있던 이방 사람들을 모두 박살내어 쫓아버리고 이곳을 차지한 후 당신들의 조상 할아버지 이름이자 자기 부족의 이름을 딴 단으로 고쳐 부르며 눌러 살게 되었다.

어쩌다 단 부족이 이곳을 생각지도 아니하고 쉽게 얻었지만 알고 보니 이스라엘의 여러 다른 지파들이 이방 족속과의 치열한 싸움에서 많은 피를 뿌려가며 얻은 모압이나 암몬, 애둠의 산지 지방보다는 비도 잘 내리고 땅은 기름 지는 등 훨씬 살기 좋은 곳이었다. 이스라엘 동부 지역을 관통하는 요단강도 이곳 단에서 시작되었다는 뜻으로 이스라엘 다른 지파들이 가진 다른 건조한 지역과는 비교가 되지 않게 물이 풍부하였다.

옆의 사는 족속들도 모압이나 에돔 족속 같이 완악하여 말이 잘 통하지 않는 족속이 아니라 그래도 이 레반트 근방서는 문화적으로 제일 앞서가고 히브리인들과는 죽이 좀 잘 맞는다는 아람 사람들이었다. 이 좋은 곳을 놓아두고 이제부터 동쪽으로 떠나가자고 하면 부족의 사람들이 어떻게 받아들일까? 이건 보통의 문제가 아니라고 생각하였다.

어떻게 부족 사람들을 설득하느냐의 문제로 여러 가지로 고민하다가 족장은 하나님께서 단초를 열으셨으니 분명히 이 길도 하나님께서 해결하여 주시리라 하나님을 믿고 장로들에게 진심으로 설득을 하여 보겠다고 결심하였다.

나흘 후에 장로들이 도착하였다. 장로들에게 식사를 대접한 후 족장은 얘기를 이어나갔다.

-- 존경하는 장로님들, 이렇게 모두 모이시기 직전에 제가 소식 하나를 받았는데 앗시리아의 왕 살만에셀이 직접 도착하여 마침 사마리아 성 옆 언덕에 장막을 치기 시작하였다 합니다. 저에게 이 소식을 가져온 사람은 성에서 마지막으로 빠져나온 상인인데 자기가 빠져나오자마자 성문이 굳게 닫히는 것을 봤다고 합니다. 지금쯤은 앗시리아 군이 사마리아 성을 완전히

포위하고 성 앞에 군대를 배치하기 시작하였을 겁니다. 유다 부족 같이 숫자도 많지 않고 싸움 경험도 별로 없는 우리가 직접 싸울 수도 없기에 이제부터는 우리가 어떻게 할까 하는 방향을 정하는 것이 정말 중요한 문제인데 사나운 이리떼는 피할 수 있을 때 피하고 봐야 한다고 생각합니다. 여기에 눌러있으면 우리는 앗시리아 늑대 놈들에게 당할 건 다 당하고 여기에서도 결국에 쫓겨날 것입니다. 저는 장로님들이 찬성하여 주신다면 그러기 전에 미리 우리가 먼저 우리 부족의 거주지를 안전한 곳으로 옮길 것을 제안합니다. 지금 서쪽으로는 앗시리아 군들이 꽉 차 있으니 방향은 동쪽으로 가려고 합니다.

　말을 마치자 족장은 둘러보았다. 다들 먼저 말을 꺼내기 불편한 기색들이었으나 그래도 머뭇거리던 제일 젊은 장로가 말을 꺼내기 시작하였다.

-- 지금 저는 족장님의 말씀을 듣고 깜짝 놀라고 있습니다. 저는 사흘 전 밤에 제가 요즘 정신적으로 너무 힘이 들어서 하나님께 기도를 드리다 그 자리서 저도 모르게 깜빡 잠이 들었는데 꿈에 이 미천한 자에게 입에 담기도 황송한 만군의 하나님께서 나타나시어 모든 집안사람들을 데리고 빨리 동쪽으로 가라는 말씀을 하셨습니다. 그러나 제가 이런 말을 하기에는 너무 조심스러워 그러지 않아도 족장님을 찾아뵙고 상의하려던 참이었는데 족장님이 먼저 그 말을 하시니 제가 엎어지도록

놀라고 있습니다.

그러자 이번에는 족장이 특별히 존중하는 나이가 제일 많은 장로가 말을 이어나갔다.

-- 참으로 이렇게 기묘하고 기묘한 일이 있을 수가 있겠소. 나도 그제 밤 기도 후에 만유의 하나님께서 나타나시어 사는 곳을 동쪽으로 옮기시라는 말을 하시었는데 나 같은 미물에게 하나님이 나타나시어 그런 말을 하셨다고 하면 사람들이 요즘 정신적으로 압박들을 많이 받은 우리 장로가 드디어 돌기 시작하였다고  말들 할까봐 어찌할까 생각 중이었는데 지금 여기서 이런 말이 나오다니 도대체 무슨 말을 어째하여야 할지 모르겠소.

이 말을 마치자 다른 장로가

-- 저도 그 꿈을 꾸어서 하도 신묘하긴 한데 버러지 같은 저에게 거룩하신 만군의 하나님이 나타나셨다고 하면 남들이 허망한 소리나 하는 늙은이로 손가락질할까 봐 일단은 입을 닫고 있으려고 했었습니다.

그러자 여러 장로들도 각기 자기들도 그 꿈을 꾸었다며 이런 신묘한 일은 아브라함 조상 이래 가나안 땅에서 일찍이 없던 일로써 우리 부족의 모든 장로에게 이런 일이 동시에 일어났다는 것은 이건 하나님께서 우리 부족에게 이곳을 빨리 떠나게 하시려는 절대적인 명령이니 뜻을 지체 없이 받들어야만 한다고 하였다.

사실 그때 하나님의 말씀도 말씀이었지만 단 사람들은 족장 이하 모든 장로들 아니 일반 백성들까지도 지금 여기서 더 버티다가는 쳐들어 올 것이 분명한 잔인하기 짝이 없는 앗시리아 사람들에게 모두 사로잡혀서 살가죽이 벗겨지는, 상상만 하여도 진저리가 쳐지는 정신 상태들 하에 있었던 것이었다.

그래서 부족의 의견은 장로들 모두에게 꿈으로 직접 개입하신 하나님의 役事(역사)로 말미암아 생각보다 아주 쉽게 통일되었다. 일단 부족은 되도록 빨리 이곳 라이스를 떠나기로 하였으며 준비기간 내에 앗시리아 군이 분탕질하러 여기까지 올라오지 말기를 바랄 뿐이었다.

장로들의 의견은 일단 확고하게 정리되었으나 이런 일은 부족의 남자들 모두에게 최우선으로 알릴 필요가 있어 곧 며칠 후 단 부족 남자들을 총 소집을 하기로 하고 열두 집안의 마을 장로들은 수종자들을 데리고 급히 각자의 마을로 돌아갔다.

며칠 후 총 소집 날에 부족의 남자들이 단의 집회소 앞으로 구름같이 몰려들었다. 부족 사람들도 요즘 상황이 상황이니만치 전쟁에 들어간다고 생각하였는지 군장을 갖추어 온 자들도 적지 아니하였다.

먼저 사회를 보는 역할을 하는 제일 젊은 장로가 상황을 이야기하였다. 지금 사마리아 성이 포위되어 강아지 한 마리 오고갈 수 없는 상황이나 앗시리아 군은 거기에 신경 쓰느라 다행히 여기까지는 올라오지 않고 있다. 그런데 이를 상의하기 위한 모인 며칠 전의 장로회의에서 너무 신묘한 일이 일어나서 이것에 대해서는 곧 족장님께 직접 말씀하실 거라며 족장께서 나서 줄 것을 요청하였다.

단 부족의 족장, 아하스는 부족 사람들에게 장로회의에서 있었던 신비한 경험들을 털어놓으며 결정된 사항들을 발표했다. '단 부족는 만군의 하나님께서 선택하셨으며 지금은 일단 우선 앗시리아의 칼을 피하는 것이 그분의 뜻이라며 우리 족속이 애굽에서 나오고 여기 라이스 단을 차지할 때도 도와주신 것 같이 지금도 함께하여 주시려는 것이니 되도록 빨리 이곳을 버리고 떠나야 하는 것을 감내하여야만 한다.'고 말하였다.

그리고 덧붙여 생각보다 시간이 거의 없다며 가을걷이가 끝나고 수장절 후 곧 출발하려고 하니 각 마을마다 잘 상의하여 준비를 서둘러 달라고 부탁하였다. 이 말이 끝나자 여러 가지

질문이 무수히 쏟아졌으나 빨리 마을로 돌아가서 더 자세한 사항은 집안의 장로 분들이 잘 알고 계시니 장로들에게 물어보라고 하는 선에서 집회를 파하였다.

집회를 마치고 다시 장로들을 모아서 각 장로들에게 마을 다스리는 것 외에 전체 부족을 위해서 각각 할 일 따로 분배하였다. 다들 나이가 많아서 젊다고 얘기하기는 그러나 그래도 그 중 젊은 장로들은 만약에 대비하여 전쟁 연습준비를 맡기고 중간 장로들은 이동에 관한 모든 준비를, 연로한 장로들은 물자 확보를 책임지기로 하였다.

족장은 '내일이 마침 안식일이니 율법에 의해서는 다들 일하시는 데 지장이 있을 수 있을 겁니다. 지금부터는 전쟁 상황이나 마찬가지라고 할 수 있습니다. 그래서 조상님들의 다른 규례에 따르면 전쟁 중에는 그런 모든 제약이 무시되오니 마을에 이를 선포하시고 일을 바투 서둘러 주시기 바랍니다.

그리고 하루에도 전달 사항이 여러 번 내려갈 수도 있으니 신경을 바짝 써주시기 바랍니다.'라는 말도 덧붙이며 회의를 파하였고 장로들은 데려고 온 수종자들을 거느리고 달빛 속에서 낙타 위에 올라 각자 자기들 마을로 출발하였다.

# chapter 7

# 아하스 족장

**다음 날부터** 족장은 바빠졌다. 우선 식량이 가장 문제였는데 곧 가을걷이가 시작되므로 식량은 충분해지게 되어 있었고 지금도 이곳 단에 있는 부족의 공용 창고에는 왕궁으로 보내고도 남은 곡물이 가득하였으므로 이것이 오히려 이동할 때는 짐이 될 것 같기에 족장은 종자들을 불러 많은 아람 상인들에게 준비를 잘 하여 단으로 될 수 있는 대로 많이, 빨리들 모여 달라는 전갈을 보냈다.

며칠 후 아람 상인뿐만 아니라 블레셋 상인들까지 잔뜩 모여들었다. 상인들은 듣자하니 '족장 어르신, 단 부족이 동쪽으로 가기로 하였다는 얘기를 들었습니다.' 족장은 말하였다. '그건 사실이요. 신께서 우리를 이끌어 주시기로 했소. 그런데 말이요. 우리 창고에는 곡물이 그득히 쌓여 있소. 일부는 우리가 가져갈 것이지만 나머지는 당신들한테 팔려고 하오. 그런데 급하다고 가격을 후려칠 생각을 마시오. 앗시리아 때문에 각 지역들이 식량 확보에 열을 올리고 있어 가격이 급등했다는 것을 잘 알고 있으니 우리도 적당한 가격에 팔 것이니 그대들도 정당한 가격을 주시오. 그리고 주시는 대금은 모두 금으로 지불하여 주셨으면 하오. 그리고 나귀와 낙타도 최대한 많이 필요하니 그것들은 몰고 오시는 대로 우리가 모두 사들이겠소.'

그러자 상인들은 아하스가 젊어서부터 대상의 소문난 대장이었다는 것을 알고 있었기에 여러 가지 말을 더 덧붙이지는 않고 '저희는 어르신의 일처리를 잘 알고 있습니다. 가격을 알아서 잘 쳐드리고 나귀를 그렇게 많이 구하려면 아무래도 암몬이나 모압에 내려가야 하는데 저희가 다시 오려면 암만 빨라도 부름은 걸리겠습니다.'

아람 사람들은 창고 앞에서 덩어리 금(그때는 화폐가 없었음)을 달아서 지불하고 각자 가져갈 만큼 가져갔으나 창고에 있던 식량은 반이나 그대로 남아 있었다. 이들도 급히 오느라 대금과 싣고 갈 낙타와 나귀를 많이 데리고 오지 못하였기 때문이다.

단에 이처럼 식량이 그득했던 이유는 그곳 라이스 지역(단부족이 살고 있는 전체 지역의 이름)은 모든 농사가 잘 되었을 뿐만 아니라 농경을 주로 하는 이스라엘 다른 부족들과 달리 상인의 재능 있던 단 사람들은 장사를 위해서도 물자를 많이 확보해 놓고 있었던 것이다. 단 사람들은 그 무렵 레반트 지역의 다른 나라사람들과도 친분을 쌓아 놓고 요즘 말로 하면 중계 무역으로 장사를 잘 하고 있었던 것이다.

그 무렵 중동에는 말이 빠른 운송 수단으로 등장하고 있었으나 이스라엘 사람들이나 레반트 지역의 사람들은 말을 승용으로는 타지 아니하고 이동 수단으로는 나귀와 낙타 정도를 이용하고 있었고 말은 전쟁할 때 전차나 어쩌다 마을의 큰 수레 등을 끄는 수단으로만 사용하였다. 아무래도 이동하기 위해서는 나귀와 낙타가 많이 필요하여 상인들에게 부탁하였던 것이다. 족장은 사람들을 풀어 사마리아 성의 진행 상황에 모든 신경을 집중하며 이동 준비를 서둘렀다.

단의 족장, 아하스는 젊었을 때 아람 상인들의 대상에 끼어서 먼 동쪽 끝 소그드 지역뿐만 아니라 박트리 지역까지 가보았는데 당시의 대상들이 하는 무역은 잘못되면 사막이나 초원의 길에서 해골로 끝날 수도 있었으나 잘만 하면 백여 배까지 이문을 남기는 것으로 모험심이 있는 젊은 사람들은 한 번 해 볼 만한 일이었다.

대상에서 젊은 사람들이란 대부분 대상의 보호대를 맡는 것으로부터 일을 시작하였기에 기본적으로 용기가 있고 무예가 뛰어나야 했다. 아하스도 처음에는 대상의 보호대를 시작으로 세상 여러 곳을 많이 다니며 가끔 목숨도 건 전쟁도 적지 아니하게 하며 많은 경험과 명성을 쌓은 후 나중에는 이스라엘 사람으로는 드물게 아람에서 제일 큰 대상의 대장이 되기까지 하였다.

방랑벽이 몸에 붙은 그가 돌아오게 된 것은 단에서 제일의 큰 땅을 갖고 있던 부친에게는 아들이 셋이나 있었으나 두 형이 갑자기 차례로 죽어서 막내인 그가 집안의 모든 재산을 관리하여야만 하였기 때문이었다. 부친의 간곡한 부탁으로 어쩔 수 없이 고향으로 돌아온 후에는 부친마저 돌아가시자 그는 착실한 농부가 되어 넓은 땅의 농사를 돌보기 시작하였다.

세상을 많이 돌아다녀서 화젯거리가 풍부하고 항상 유쾌한 그에게는 친구들이 많이 모여들었다. 재산적으로도 여유가 있어 잘 베풀었던 그는 주위 사람들에게도 인기가 좋아서 마을의 장로가 돌아가시자 친척들에 떠밀려 마을의 장로로 추대된 후 이번에는 부족의 족장이 갑자기 돌아가시어 족장이 되기에는 좀 젊은 나이에 투표를 통하여 족장이 되었다.

단 부족 사람들이 예상보다 쉽게 부족의 동쪽으로의 이주에 쉽게 찬동한 이면에는 단 부족은 조상 때부터 이스라엘의 여러 부족 내에서 첩의 자손이라는 약간의 열등감과 단의 친모인 빌하와 야곱의 큰아들 르우벤이 엮인 근친상간의 사건 때문에 수치심을 느끼는 미묘한 게 있었는데도 불구하고 굳이 다른 부족을 제쳐두고 하나님께서 자기들을 선택하셨다는데 상당한 보상과 자긍심을 느끼며 쉽게 결정된 면도 없지 않아 있었다.

그리고 현재는 무엇보다도 앗시리아 군의 잔인함을 당분간 피하여 보고자 하는 위기의식이 부족 구성원들의 머릿속을 꽉 채우고 있었다.

보름 후 많은 아람 상인들과 블레셋 상인들이 나귀와 낙타를 떼로 몰고 도착하여 집회소 앞이 낙타와 나귀의 우는 소리로 꽉 차서 실로 장관이었다. 족장과 장로들은 모두 나가서 짐승들의 건강 상태를 살피며 사들일 건 대부분 사들이고 급히 모아 오느라 영 상태가 안 좋아 물건을 싣고 가다가 쓰러질 것 같은 것은 돌려보냈다.

미리 와 있던 열두 마을의 사람들에게는 낙타와 나귀에 곡물을 잔뜩 싣게 하여 아직 많이 남은 식량을 더 분배하며 주고 분담금으로 금을 걷어 들였는데 덩어리 금이 없는 마을에서는 집 안에 보관하였던 사금을 내놓는 마을도 있었다.

계속하여 더 들어온 정보로는 앗시리아 군이 사마리아를 포위하자 호세아 왕은 겁에 질려서 그동안 밀린 공물을 가지고 사죄의 표시로 윗도리를 벗고 맨발로 살만에셀을 마중 나갔지만 앗시리아 왕은 쳐다보지도 않고 부하들에게 호세아를  홀 딱 벗겨놓고 매를 때리게 한 후 성문을 열라고 하였으나 성 위 에서 이 광경을 모두 지켜 본 성에 남은 백성들이 성문을 안 열 고 굳게 버티자 근처 여러 마을에서 잡아온 사람들을 동원하 여 성벽으로 여러 번 다가가게 하였으나 대부분 성 위에서 날 아 온 돌과 화살에 맞아 죽었다고 하였다.

사실 이때 성벽에 오르게 동원된 사람들은 억지로 끌려 온 사마리아 성 주위의  이스라엘 백성들로서 자기네 왕성을 공 격하다가 자기네 족속이 던진 돌에 맞아 죽었으니 그 억울함 과 설움은 표현할 길이 없었을 것이다.

앗시리아 군은 일단 사마리아 성의 방비를 간보았으므로 진 짜 총공격 준비를 위하여 지금은 잠시 좀 쉬는 중이라고 하였 는데 이럴 때 군인들이 재미도 삼고 돈벌이를 하기 위하여 근 처 마을로 약탈과 강간을 하러 돌아다니는 경우가 많아서  부 족의 장정들에게 활과 창을 항시 휴대하고 족장의 소집에 언제 든 응할 준비를 하라고 알렸다.

또 족장은 부족 사람들에게 마을마다 그 당시 전쟁에서 가장 중요한 기본인 활쏘기와 창던지기 연습을 단단히 하여 두라고 덧붙여 두었다. 그리고 족장에게 딸린 많은 종들에게도 부족 의 무기 창고에 보관 중이던 각종 갑옷과 무기들을 잘 정비하여 두라고 지시하였다.

단 부족은 이스라엘 다른 부족들보다는 싸움에서는 재능이 별로 없었지만 유독 활 하나만은 잘 쏘는 전통이 있었는데 단 부족의 젊은이들은 놀 때도 활쏘기 내기를 하면서 노는 때가 많았고, 마을에서는 이스라엘 전체의 명궁으로 소문난 사람도 적지 아니하였다.

단 부족이 사실 활쏘기만을 특히 좋아하였다는 이 말은 직접 겨루는 전투인 창과 칼 쓰기를 싫어하였다는 말로써 단 사람들은 몸으로 부닥치는 전투를 별로 내키지 않아 하는 비전투적인 족속임을 말하는 것이었다. 아무튼 단 부족의 활쏘기를 좋아하고 활의 개량에 계속 매달리는 부족의 전통은 그들의 자손에게로 끊임없이 내려갔다.

족장 아하스의 경우도 젊어서 아람 사람들의 대상을 따라 갔을 때 갑자기 도적들의 습격을 받은 적이 있었는데 아하스가 한순간에 화살을 세 발을 연달아 날려서 앞에서 달려오는 도적 셋을 순식간에 쓰러뜨리자 도적들은 모두 도망가 버리고 말았다는 얘기가 나중에는 열 명이 한 방에 모두 나가 떨어져 버렸더라는 전설 같은 얘기로 부풀려져 아하스가 족장이 쉽게 되는 한 계기가 되기도 하였다.

# chapter 8
# 출발

**출발하기로 한** 수장절 다음 날이 다 되어가고 있었다. 앗시리아 군들이 이스라엘 여기저기를 약탈하러 다닌다는 소식이 들려왔으나 이상하게 뺏을 것이 제일 많은 이곳으로는 조금도 오지 않고 있었다. 단 부족 장로들 모두에게 직접 꿈으로 나타나시어 동쪽으로 가라고 하신 거룩하신 하나님께서 앗시리아 군인들이 당분간 이쪽으로 올 생각이 안 나게 저들의 마음을 잡고 계시었던 것이다.

수장절이 되었으나 사정이 급히 돌아갔었음으로 단에서는 명절 기분도 없이 바쁘게 지나갔고 급히 추수를 하고 이동 준비를 마친 모든 부족 사람들이 약속한 날 구름같이 단의 집회소 앞으로 모여들었다.

출발 기도를 위하여 금송아지를 끄집어 내놓았으나 아하스는 레위 사람 요나단의 자손인 제사장에게 가서 말하였다. '이번 출발 기도할 때는 하나님께서 그것 없이 기도하시라고 하셨소.' 예상보다 쉽게 제사장은 그럼 금송아지는 뒤에 그냥 놓아두기로 합의하였는데 나중에 이 금송아지 때문에 부족에게 좋은 일이 생기기도 하고 나쁜 일도 생겼다.

부족의 열두 집안의 모든 사람들이 집결을 완료하였다는 신호가 하자, '그럼 모두 거룩한 하나님께 기도를 드리게 무릎을 꿇으시오.' 제사장은 큰 소리로 외치기 시작하였다. '거룩하신 만군의 하나님께 우리의 출발을 알리려고 하오.'

그러자 족장 이하 모든 부족 사람들이 예루살렘 쪽으로 꿇어앉았다. 이스라엘사람들은 보통 기도와 찬양할 때는 손을 옆구리에 대고 손바닥을 하늘로 향하게 들고서 하는데 특별한 경우에는 무릎을 꿇고 기도하였다. 그리하여 단 부족은 부족이 생긴 이래 가장 특별한 기도를 하나님께 드리기 시작하였다.

-- 온 세상을 주관하시는 거룩하신 하나님! 저희 조상 아브라함의 하나님, 이삭의 하나님, 야곱의 하나님, 단의 하나님이시여, 하나님의 특별하신 지시에 따라 저희 족속은 고향을 떠나 하나님이 정하신 동쪽으로 가려고 합니다. 부디 어려움이 닥쳤을 때는 하나님의 큰 날개 아래 저희를 감추어 주시고 눈동자같이 지켜주소서. 저희가 힘들 때마다 주님의 굳센 팔로 붙잡아 주시고 또 달려드는 적이 있으면 주님의 강하디강한 발로 뭉개주소서. 언제나 저희와 함께하여 주시고 저희를 긍휼

히 여기시어 저희를 떠나지 마시옵소서. 그리고 저희들의 족장 아하스에게 건강과 지혜를 허락하여 주시어 저희를 그곳까지 잘 이끌어가게 하여 주소서. 주여! 푸른 초장과 버들가지가 우거진 아름다운 강가로 저희를 인도하여 주시옵소서. 전능의 왕이시여, 저희의 작은 소망을 꼭 기억하시어 주시옵소서.

제사장이 기도를 마치자. 부족 사람들도 이루어 주소서, 라고 화답하였다. 그러자 갑자기 동쪽 하늘에 무지개가 나타났다. 온 부족 사람들은 하나님이 우리와 함께하고 계신다, 라고 외쳤다.

먼저 떠나기 전에 인원을 계수하여 보니 활과 창을 쥘 수 있는 남자만 칠천 명이 넘었다. 때는 북 이스라엘 호세아 왕 칠년째이었더라.

족장은 부족을 네 마을씩 엮어 세 개의 그룹으로 나누고 앞의 선도 그룹은 젊은 장로들이 있는 마을들이 앞장서서 길을 인도하기로 하였고 중간 그룹은 인원수가 많고 나이 많은 장로가 있는 마을들이 족장과 함께 가운데에 들어가고 후미의 그룹은 그래도 창이라도 한 번 잡아본 적이 조금이라도 있는 장로들이 지휘하기로 하였다.

특히 최선두는 각 집안에서 이삼십 명의 활과 창을 잘 쓰고 담력 있는 총각들만을 추려서 삼백 명을 모아 척후로 임명하고 전위대라고 부르기로 하였다. 이들은 족장이 직접 지휘하며 그들의 대장은 그들끼리의 투표로 통하여 뽑게 허락하였다.

막 출발하려는데 부족에서 제일 연로한 장로가 족장을 좀 보자고 하였다. 그 장로는 부족의 장로 중 제일 연장이었을 뿐만 아니라 전에 아하스가 족장이 되려고 투표를 했을 때 아하스 쪽으로 분위기를 확 잡아주어서 덕분에 아하스가 쉽게 족장이 되었다. 그런 관계로 두 사람은 족장과 장로라는 사이를 떠나 아하스와 둘이 있을 때는 작은아버지, 큰형님같이 대하는 사이였다.

'장로 어르신, 무슨 어려운 일이 있으시온지요.' 아하스가 친근한 낯으로 말하자

## 나이 많은 장로는

-- 족장, 아무래도 나는 못 갈 것 같소, 지금 내 몸으로 먼 길을 떠난다는 것은 큰 무리로서 다른 젊은 사람들한테 피해만 줄 것이요. 그래서 나와 내 집 사람은 그냥 내 집에 머물다가 하나님이 정하신 운명에 따르려고 하오. 우리 마을 사람들에게는 나 말고 따로 장로를 뽑으라고 얘기해 두었고 다음 장로가 누가 좋은지 마을사람들이 추천을 부탁하기에 추천도 해 두었소, 뭐, 내가 추천한 사람이 꼭 될 것인지 하나님이 결정하시겠

지만 말이요.

'장로 어르신, 저희가 떠나고 나면 마을에 온갖 강도와 떠돌이들이 설칠 건데 너무 걱정이 됩니다.' 아하스가 말하자 장로는

-- 족장, 그래도 할 수 없소. 사실 지금 떠나려고 하는 사람 중에도 나 같이 폐만 끼치고 며칠도 못 가다가 길바닥에서 죽을 사람들이 수두룩하오. 젊은 사람들 힘만 들게 할 것 같은데 차라리 그럴 바에 고향에서 죽는 것이 나름 나을 듯하오. 그래서 내가 그 사람들을 따로 모아 보겠소. 알고 보면 다 젊을 때부터 내 친구들이 아니겠소! 마지막에는 우리 노인네끼리나마 같이 있으려고 하오.

그때 아하스는 족장으로서 빠른 판단을 내린다. 저는 어르신이 제 옆에 있는 것이 의지도 되고 좋은데 어르신 뜻이 그러하시면 어르신 좋으실 대로 하십시오.

두 사람은 서로 눈물을 글썽이며 포옹을 한 후, 아하스는 선두를 보려고 나귀를 타고 먼저 떠나고 노인은 지나가는 행렬에다가 힘 딸리는 노인들은 자기와 같이 여기 고향에 남자고 외치니 힘겹게 따라가던 노인들이 그 자리에서 멈추어서 자식들과 눈물의 이별을 하였더라.

# chapter 9
# 아람족

**중간에 있기로 한** 아하스가 선두에 선 것은 곧 얼마 후면 아람족의 땅을 지나가야 하는데 그 지역의 아람 족장을 만나기 위해서이다. 당시 아람족은 크나큰 족속으로 레반트와 유프라데 강 서안 쪽은 다 그 족속 계통으로 지금 사고를 크게 치고 있는 앗시리아도 사실 아람족의 한줄기라고 할 수 있었다.

그곳 아람 족장은 아하스가 젊어서 대상을 쫓아다닐 때 여러 해 같이 어울린 적 있는 사람으로 그때는 족속을 떠나 상당히 친하게 지냈는데 지금은 많은 사람들을 이끌고 그 지역으로 들어가면 좋지 않은 문제가 생길 수도 있기에 조심스러워서 빨리 가서 먼저 만나보는 것이 중요하였다.

많은 가축들을 데리고 움직이기에 이동 속도가 무척 느렸으나 물을 충분히 이용할 수 있는 큰 시내 물가까지는 30십여 리가 떨어져 있기에 첫날은 좀 강행군을 하여 후미는 저녁 늦게 천막을 칠 수 있었고 그때 이스라엘 사람들의 저녁 식사는 가져온 바짝 말린 빵과 요구르트였다.

다음 날 새벽 일찍, 부족 사람들에게는 피로할 것이니 천천히 움직이라고 지시한 후 족장은 종자 수십 명과 낙타들에게 짐을 가득 싣고 해가 뜨는 동쪽으로 출발하였다. 마지막 단 지역을 벗어나 인접 아람 지역으로 들어가서 한 식경을 달리다 보니 맞은편에서도 종자를 수십 명 거느린 사람이 나타났다.

안녕하시오. 아람족 족장!
안녕하시오. 단족 족장!

미리 통고를 해놓아 아람 족장이 자신의 종자들을 거느리고 마중 나온 것이었다. 두 사람은 내려서 서로 반갑게 포옹한 후 조금 더 가면 큰 샘물이 있는 곳이 있었으므로 그곳에 사방이 터진 천막을 치게 한 후 그 시대 그 지역의 국제어인 아람 말로 얘기를 이어갔다.

아람족 족장은 아하스가 무슨 말을 하려는지 다 파악하고 친구로서 이 지역을 지나가는 것을 환영하고 대가는 없어도 된다고 하였다. 아하스는 그래도 많은 사람이 지나가게 되면 폐를 끼치는 것이니 아람족 족장의 체면도 있고 하니 양털을 낙타 등에 많이 가져왔으니 받아주길 바란다고 하자 아람 족장이 고맙다고 하므로 아하스는 짐을 아람족 종자들에게 전해주도록 지시하고 두 사람은 이런 저런 얘기를 이어나갔다.

저녁 늦은 무렵에 이스라엘 사람들이 도착하였으므로 다시 족장의 천막을 중심으로 빙 둘러서 천막을 치게 하고 아하스는 아람족 족장과 얘기를 다시 나누기 시작하였다. 아람족 족장은 젊을 때의 친구로 돌아가서 말하기 시작하였다.

-- 나는 자네가 부러우이, 지금 이곳이 좀 멀리 있다 하여도 살만에셀이 결국에는 여기도 쳐들어 올 것만 같은데 살만에셀이 내 모가지를 칠 것 같아 가끔 내 모가지를 만져 본다네. 하지만 만약 내가 자네같이 동쪽으로 움직이고자 하면 우리 부족들은 난리가 나서 나부터 잡아먹을 걸세.

아하스는 이렇게 된 원인이 이스라엘 왕 호세아는 앗시리아의 전왕 디글랏 빌레셋 덕분에 왕이 된 자로 전에 하던 대로 앗시리아에게 조공을 바쳤으면 문제가 없었을 것인데 호세아가 괜히 힘도 없는 이집트 바로 '소'에게 넘어가서 그때 막 즉위한 살만에셀을 우습게 보고 앗시리아를 배신하고 조공을 보내지 않자, 화가난 앗시리아 왕 살만에셀이 쳐내려온 것인데, 요즘 앗시리아도 계속된 정복 전쟁으로 자기네 국민들도 서서히 지치기 시작하고 있으므로 지금 사마리아만 정복하면 앞으로 당분간 몇 년은 이곳 아람까지 쳐들어올 일은 없을 것이라고 보네, 라며 국제 정세를 설명하니 아람 족장은 저으기 안심이 되는 모양인지 화제는 젊었을 때 대상으로 같이 다니던 때의 얘기로 옮아갔다.

　다음 날 아침, 아람족 족장과 같이 천막에서 잔 아하스는 출발을 서두르자, 아람족 족장은 '내 지역 끝까지는 같이 가면 길을 안내하여 주겠네. 또 삼십 리쯤 가면 거긴 물도 있고 초지도 좀 넓으니 가축들을 먹일 수 있을 걸세. 오늘 밤은 거기서 쉬면 될 것일세.'라고 친절히 알려주었다. 또 "자네 사람들이 가니 우리 사람들에게는 당분간 좀 서로 부담 안 되게 눈에 안 보이는 곳에 적당히 피해 있어 주라고 전하여도 놓았다네."

　이런 식으로 내리 나흘을 가자 부족 사람들도 피로를 상당히 느끼는 것 같아 하루를 완전히 쉬기로 하고 물가에 있었다. 그날은 안식일이라 그렇지 않아도 움직이지 않고 쉬어야만 했다. 족장은 전의 장로회의에서 당분간은 안식일을 지키지 않아도 된다고 하였으나 부족 사람들은 아직 안식일에는 움직이는 걸 부담스러워 하였다. 그렇게 쉰 후 부족은 계속 동쪽으로 나아갔다. 지금까지는 초원지대를 지나왔지만 아주 멀리서 산들이 보이기 시작하였다.

**아람족 족장은 말하였다.**
-- 이제 곧 내 지역을 벗어나네. 나는 돌아가야 하네. 자네가 앞으로 만날 지역의 사람들도 우리 족속으로 별로 사나운 사

람들이 아니니 통행료 쪽으로 조금 집어주면 특별히 어려움이 없을 것이네. 앞 지역의 족장에게는 내 미리 도움을 부탁하여 놓았네. 여기에서 오천 리까지는 자네나 나나 젊을 때 대상들을 쫓아다니라 다 파악하고 있지 않은가? 거기까지는 대부분 우리 아람 사람들이 큰 족속들이라 넓게 퍼져 사는 고로 사투리가 심해서 그렇지 말은 거의 알아들을 수 있을 걸세. 우리 아람 사람들과는 굳이 싸울 일은 없을 걸세. 그다음은 소그드 사람들이나 박트리 사람들인데 그들도 우리말을 알아듣겠지만 나도 자세히 모르겠네. 박트리 사람들은 완악하다고 소문났고 소그드 사람들은 워낙 변덕이 심해서 이익이 있으면 잘해 주다가도 삐지면 당장 공격해 오는 사람들이니 약하게 보이면 안 된다는 것쯤은 알 뿐일세, 나머지는 신에게 맡겨야지, 그런데 도대체 어디까지 가려고 하시는가?

**아하스 :** 그건 하나님이 멈추라고 하실 때까지이네,
**아람 족장 :** 그건 쉬운 일이 아니구먼, 아무튼 잘 가시게. 오랜만에 보자마자 이별이네.
**아하스 :** 그동안의 후의에 어떻게 감사를 표해야 할지 모르겠네.
**아람 족장 :** "하나님이 함께하시길" 하면서 하늘을 가리켰다. (종교가 복잡한 그쪽 지역에서는 서로 다른 부족과 만날 시는 자신들의 신을 부르지 않고 단지 그냥 하늘을 가리키며 다른 종족에게 복을 빌어주는 양식을 취하였다.)

두 사람은 낙타에서 내려 포옹을 한 후에 헤어졌다.

아람 족장과 헤어져 더 나아가자 활과 창으로 무장한 백여 명쯤의 사람들이 낙타를 타고 나타났는데 아람 사람의 복장을 하고 있었다. 우두머리로 보이는 사람이 나타나서 아람 말로 무슨 일이냐고 물었다.

**아하스 :** 혹시 저쪽 지역 족장께 소식 못 들었습니까?
**우두머리 :** 나도 아람 사람입니다. 계속 동쪽으로 가려고 한다지요. 조용히 가시기만 하신다면 방해하지 않겠습니다.
**아하스 :** 빨리 통과하여 가겠습니다. 그리고 통과료도 드리려고 합니다.
**우두머리 :** 뭐, 우리는 호의로 그냥 보내드리려고 하나, 주신다면 받겠습니다.

이리하여 양털 댓 덩이가 그 족속에게 보내졌다. 그 우두머리는 삼일간 쫓아왔는데 감시 및 호기심에서 그랬던 것 같고 나중에 큰 산 밑에 다다르자 아하스와 그 부족의 우두머리 사이에서는 우정 비스무리한 게 생기기도 해서 서로 아쉽게 헤어졌다.

우두머리는 '저 산 위의 족속은 우리 족속과 어쨌든 말이 좀 통하는 것을 보면 우리 족속의 먼 친척인 것 같은데 우리와 달리 조금은 사납습니다. 저기는 산자락이라 먹고 살게 좀 빠듯하여 이 산을 넘는 대상들이나 뜯어먹으며 사는 것 외에는 특별한 것이 없어서 그런 것이니 좀 챙겨주면 될 것이고 부족수가 적어서 굳이 싸울 수도 없으면서 괜히 상대에게 겁을 주고는 합니다만, 사실 별로 위험하지는 않습니다.' 이 말을 남기고 그 아람족의 우두머리는 멀어져갔다.

산 밑에 다다르자 산 위에서는 과연 몇십 명이 나귀를 타고 창칼로 무장하고 내려왔다. 그런데 이쪽에 지금 산을 넘으려는 사람들은 일개 대상의 인원이 아니라 한 개의 부족이 넘으려고 하는 것이었다. 산 사람들의 우두머리도 이쪽의 숫자에 좀 주눅이 들은 듯, 어수룩한 아람 말로 대장이 누구이고 이 산을 넘으려면 통행세를 내야 한다는 말을 하였다.

아하스는 약간 장난기가 들어, 그럼 내지 않으면 어떻게 되느냐고 묻자 그렇다면 전쟁이다! 라고 그 산족의 우두머리인 듯한 사람이 딱 잘라 말했다. 그러자 아하스는 '우리는 너희들과 전쟁을 하면 너희를 다 죽여 버릴 수 있다. 그러나 우리는 평화를 사랑하는 사람들이다. 통행세는 주겠다. 그럼 얼마를 주면 되느냐'고 묻자 금 반 주먹이라고 하였다.

처음에는 많이 부르려다가 자기들도 부딪히기 싫은지 적당한 가격으로 부르는 것 같았다. 그럼 여기에서 반을 주고 산을 넘어서 나머지 반을 주겠다고 하자 승낙의 표시를 하였다. 금을 반을 주고 단 부족은 내일 아침부터 산을 올라가기로 하고 보증조로 산악 부족들은 무기 중 활은 단 부족에게 맡기고 단 부족과 같이 행동하기로 하였다.

아하스는 이들이 만약에 어설프게 나오면 전위대 삼백 명으로 이들부터 먼저 쓸어버릴 생각이었다. 단 부족은 갑옷이 많지 않아 부족 남자들 모두에게는 나눠주지 못하였지만 부족의 무기 창고에 있던 갑옷을 모두 꺼내와 전위대 삼백 명에게는 번쩍번쩍한 갑옷을 입혀서 전시효과를 노리고 있었다.

그 갑옷은 가죽에 청동을 덧댄 것으로 솔로몬 시대부터 단 부족에게 대대로 내려오는 것이었다. 단 부족은 그즈음 별로 싸울 일이 없어서 쓸 일도 없었지만 청동부분만 잘 닦으면 번쩍번쩍해서 이런 시골 촌 부족쯤 겁주는 것은 어렵지 않았다.

올라가면서 산족의 우두머리와 얘기를 나눈 바, 산을 넘어 계속 가면 큰 강 유프라데가 펼쳐지는데 요즘 가뭄이 심한 편이라 만약 그 강의 상류에서도 가뭄이 계속되고 있다면 그냥 마른 강을 힘들이지 않고 건널 수 있을 것이고 만약 물이 좀 있으면 일일이 뗏목을 만들어 건너야 하므로 힘들 것이니, 신이 함께하신다면 강은 말라 있을 거라며 행운을 빈다고 하였다.

그리고 그 강을 건너 다른 강 하나를 건너 좀 더 가게 되면 평원을 지나게 되고 그다음은 고원지대가 펼쳐있다는 것, 까지는 이곳을 지나는 대상들에게 들었다고 하였다. 자기들도 그 이상은 더는 아는 것이 없다고 하였다.

　이 산악 부족은 산을 넘다가 마차가 뒷걸음치며 같이 잡아주는 둥 친절하였고  물이 귀한 산에서 물이 나는 곳도 안내하여 주었고 산에서 나는 꿀도 가져다주는 등 처음 인상과는 달리 선량하여 며칠에 걸쳐 산을 다 넘자 나머지 금과 양모를 더하여 주었다.

　산족의 우두머리는 여기부터는 계곡 물로 충분히 채우고 떠나야 한다고 말했다. 이들 말대로 이스라엘 사람들은 산에서 내려오는 물을 가축들에게 충분히 먹이고 가죽부대에도 있는 대로 다 물을 채우고 산족과 헤어졌다.

# chapter 10

# 수리아 사막

    **부족이 산을 내려오자** 마른 초원이 계속되었고 어쩌다 물 가가 있으면 그곳 마을에 사는 사람들과 아람어가 통하면 아 람 말로 그것이 안 되면 몸짓 언어를 사용하여 소통을 한 후 약 간의 금을 사용하여 물과 곡식을 조금씩 구입하였다. 사실  곡 식은 충분히 있었으나 예비용으로 확보하기 위함이었고 지나 는 지역의 사람들에게 뭔가 베풀어 주어야 길을 쉽게 열 수 있 다는 아하스의 상인으로서의 경험 때문이었다.

    며칠 더 가자 메마른 사막이 나타났다. 여기부터가 정말 걱 정이 되기 시작하는 곳이었다. 족장은 이곳 수리아 사막을 가 로질러 앗시리아의 영향력이 별로 없는 소그드 지역으로 들 어갈 생각이었다. 수리아 사막을 지나면 메소포타미아가 펼쳐 지는데 그곳도 앗시리아의 영향권 하에 있었으나 사막 지역을 통하여서 빠져나가면 그곳에는 군대가 없으므로 안전하게 지 나갈 수 있으리라 생각하였다.

아하스는 곰곰이 생각하니 왜 굳이 이스라엘의 다른 부족을 놓아두고 하나님이 자기 부족을 선택하셨는가의 의문이 풀리었다. 전 이스라엘에서 자기보다 이 모든 지역을 더 잘 알고 있는 사람이 없다는 것이 생각났다. 왜 젊었을 때부터 세상을 그렇게 돌아다니고 싶었는지 알게 되었다. 아! 하나님이 오래전부터 나를 쓰시려고 훈련시키었구나, 아하스는 마음속으로 자기를 도구로 써주시는 하나님께 감사의 기도를 드렸다.

부족이 더 나아가자 큰 오아시스가 나타났다. 오아시스 마을의 늙은 족장은 수많은 사람이 들이닥치니 놀란 모양이었으나 아하스를 보고 반갑게 맞이하였다. 아하스가 젊은 시절 대상으로 오갈 때 가끔 신세졌던 곳으로 아하스가 부족을 이끌고 나타난 사정을 설명하자 그곳의 족장은 물을 얼마든지 가져가라는 호의를 베풀어 이곳에서 물 확보가 쉽게 되었다.

사막에서는 이런 문제로 살벌한 일이 벌어지기도 하는데 아하스의 옛날에 맺어놓은 관계가 이때 크게 도움이 되었다. 이곳 사막에서의 물 확보는 아주 중요한 일로써 이곳에서 물을 충분히 채우지 않고 사막으로 나가면 부족이 모두 기갈에 들 수도 있기에 아하스는 이곳으로 오면서 이곳의 그 족장이 살아 있기를 계속 기도하면서 왔다며 그 말을 하자 그곳의 족장도 감격해 하였다.

많은 인원과 가축들까지 저수지가 비우도록 물을 많이 가져가는 것이 미안하여 아하스는 그곳 족장에게 금을 내어 놓으니 오아시스의 족장도 좋아하였다. 사실 아하스가 짜지 않음을 그곳 족장은 잘 기억하고 있었기 때문이었다.

이런 식으로 몇 개의 오아시스를 지나게 되었는데 그 오아시스들은 모두 첫 번째 오아시스의 족장 영향 하에 있는 곳으로 물 값을 금으로 지불하자 별 어려움 없이 물을 얻을 수 있었다.

드디어 수리아 사막을 무사히 넘은 이스라엘 사람들 앞에 큰 강이 나타났는데 아하스는 이 강이 유프라데라는 것을 알고 있었다. 젊을 때 이 강을 아하스는 몇십 번 건너보았으나 갈수기 때 잘만 하면 그냥 건널 수도 있다는 것도 알고 있어 이번에도 그냥 건널 수 있는지가 오면서 내내 궁금한 점이었다.

건조한 지대를 흐르는 강이라 넓기는 하나 아주 깊지는 않아 웬만한 곳은 키 큰 낙타를 이용하면 그냥 건널 수도 있는데 마차가 문제였고 물이 마차 바퀴를 넘으면 혹시라도 뗏목을 만들어 건너야 했다. 이때 적의 습격이라도 있으면 그게 사실 제일 걱정이었기 때문이다. 아하스는 동쪽으로 가면서 강을 그냥 건널 수 있도록 하나님의 도우심을 계속 기원하였다.

과연 이곳에는 마침 가뭄까지 심하게 들어서 강은 물이 거의 흐르고 있지 않았고 흘러도 발등을 넘지 않았으니 부족은 어렵지 않게 마차까지 쉽게 건널 수 있었다.

강을 건넌 후 제사장은 부족 사람들을 모두 예루살렘 쪽으로 무릎 꿇게 하고 비가 안 오게 그동안 하늘을 말려주신 하나님께 감사하며 앞으로도 계속 함께하여 주십사 하는 기도를 드렸다.

며칠 가서 또 다른 강 힛데겔(나중에 티그리스)도 만났으나 이 강은 사막 지형을 흐르는 것이어서 이때는 역시 거의 말라 있어서 무사히 건넌 후 강 건너서부터는 사람들이 별로 안 사는 곳으로 이스라엘 사람들은 그곳 강가에서 가축들에게 충분히 물을 먹이고 하루 푹 쉬기로 하였다. 그날은 안식일이었음이라.

이제부터는 조그만 더 가면 이곳 중간 메소포타미아(그때 메소포타미아는 아래, 중간, 위 메소포타미아 이런 식으로 나뉘었음) 지역을 벗어나 소그드 지역으로 들어가게 되어 있었다. 그곳부터는 사람들이 거의 안 살고 있는 인구가 희박한 지역이었으므로 굳이 사람들을 먼저 앞의 지역으로 보내어 길의 통과 관계를 미리 허락 받고 따질 일이 없어지는 것이었다.

# chapter 11

# 희생

　그런데 **부족이 강가에서** 쉬고 있는데 멀리서 소리가 들리더니 전차가 몇 대 나타났다. 부족은 긴장하여 일제히 활을 꺼내들었다. 제일 앞 전차에 탄 자는 지휘관인 듯 아람 말로 말하였다.

**지휘관 :** 당신들은 누구인가?

**이하스 :** 우리들은 이스라엘 단 사람들로서 하나님의 인도하심으로 동쪽으로 가고 있소. 당신들은 누구인가?

**지휘관 :** 우리는 이곳 중간 메소포타미아 국경 순찰임무를 맡은 앗시리아 주둔군이다. 그러니까 너희들이 지금 바로 동쪽으로 달아나고 있다는 그 이스라엘 단 부족이구나. 우리도 그 소식을 들어 알고 있다. 너희들 때문에 상부에서 국경 순찰을 잘 돌라는 얘기가 나왔다. 드디어 만난 셈이네. 그런데 누구 마음대로 나갈 수 있다고 보느냐? 여기 국경은 우리 살만에셀 폐하의 명령 없이는 개미 한 마리 못 나간다.

**아하스 :** 우리는 우리 하나님의 말씀하심만 따른다. 그건 너희

왕에게 가서나 말해라.

**지휘관 :** 너희는 지금 감히 앗시리아 제국의 주둔군 장군에게 대항하고 있다.

지휘관은 말은 이렇게 했으나 이쪽의 워낙 많은 사람들의 활들이 자기를 가리키니 좀 위축된 듯

**지휘관 :** 여기서 기다려라. 다시 오겠다.

지휘관은 자기편을 더 데리고 오려는 듯 다시 전차를 돌리어 가던 길을 가고자 하였다. 이때 아하스는 활을 들고 막 달려가는 지휘관 전차의 말의 목에 화살을 명중시키고 순식간에 세 대의 전차에도 똑같이 화살을 퍼부어 주었다. 이러자 부족의 화살이 일제히 전차 쪽으로 날아가 말들에게 꽂혔다. 전차는 하늘을 날다 떨어지고 쓰러진 군인들의 몸에도 무수히 화살이 박히었다. 그러나 그 와중에도 한 대는 그냥 도망을 칠 수 있었다.

이스라엘 사람들은 빨리 천막을 거두어 동쪽으로 움직였다.

**젊은 장로**
-- 아무래도 도망친 자가 있으니 병력을 모아 다시 쳐들어 올 것 같습니다.

## 족장

-- 그러니 일단 동쪽으로 빼고 봅시다. 이 사막 언저리까지 앗시리아 군이 순찰할지는 전에는 그런 적이 없어 염두에 두지 못하였소. 아무튼 앗시리아는 지금 우리 이스라엘을 쳐들어가느라 여기에 주둔군을 많이는 두고 있지 못할 겁니다. 여기에 뿌리박고 있는 자들이야 저들을 겁내겠지만 우리는 달아나버리면 되므로 그리 겁을 낼 필요는 없을 겁니다. 빨리 달아나면 되는 것이니까. 그러나 며칠 내로 우리를 뒤쫓아 올 수도 있으니 준비는 하여야 할 겁니다.

부족은 뒤쪽에다가도 척후를 세우기로 하고 동쪽으로 계속 움직였다. 과연 다다음 날 뒤에 멀리 세운 척후들에게서 나팔 소리가 나는 고로 살펴보니 먼 곳에서 전차 몇십여 대가 먼지 구름을 피우며 달려오는 것이 보였다. 보병대는 보이지 아니하였다.

족장은 저놈들이 우리들 무시하는구나, 저 숫자로 우리를 어떻게 할 수 있다고 보는구나. 족장은 전차가 가까이 오자 부족의 수많은 양떼를 모아서 모두 그쪽으로 향하게 하여 달려가게 하였다. 전차들을 모는 말은 양떼에 갇히어서 움직이기를 못하였다. 족장은 이번에는 말은 쏘지 말고 사람만 쏘아라. 지시를 하자 전차에 타고 있던 병사들은 이스라엘 사람이 쏜 무수한 화살에 고슴도치가 되어 죽어갔다. 앗시리아 군도 응사를 하였으나 이곳보다 지대가 약간 낮아서 잘 볼 수가 없어 제대로 상대가 안 되었다. 그들의 뒤에도 척후들이 돌아와 화살을 쏘아 대었던 것이다.

전차병들은 전원이 전차 위에서 화살에 맞아 죽었고 달아난 자는 하나도 없었다. 족장은 다시 양떼들 불러들이고 전투 중 죽은 양은 식량으로 쓰고 많이 날아 간 화살도 잘 회수하여 두라고 하였고 앗시리아 군의 살아남은 말도 빨리 챙기라고 하였다. 그리고 혹시 일이 잘못되면 보병대가 따라 올 수도 있다고 하였다. 부족은 그냥 앞으로 빨리 계속 가고 뒤에 척후는 남아서 잘 살피기 바란다, 고 하였다.

한 식경이 있다가 앗시리아 전차들을 박살낸 곳에 보병대가 도착하여 살펴보니 자기들의 전차에 고슴도치가 되어 있는 앗시리아 군인들의 시체들만 발견할 수가 있었다. 이들 앗시리아 군은 그동안 주위 족속들에게 겁만 주어도 굴복시킬 수 있었기에 별반 생각 없이 이스라엘 사람들을 전차대로 짓밟아 버리려고 보병대와 같이 안 오고 우선 전차만 앞세워 급히 달려왔던 것이다.

앗시리아 군의 본대인 보병대를 지휘하였던 사람은 살만에셀의 바로 밑의 동생인 사르곤이었다. 이 사르곤은 나중에 친형인 살만에셀이 사마리아의 진중에서 과음으로 갑자기 죽자 나중에 그곳 군대의 추대로 사마리아로 달려가 왕이 되어 앗시리아의 정복왕 시대를 열었던 바로 그 사르곤 2세였다. 그 당시는 바로 그가 중간 메소포타미아의 총독으로 와 있었던 것이었다.

그는 왕족으로서의 권위도 있고 이는 간단히 넘길 문제가 아니라고 생각하였다. 그는 일단 그곳에 진을 친 후 상대가 만만치 않음을 알고 전령들을 보내어 자기들 진지에 남아 있는 군대를 모두 다 이곳으로 오라고 하였다. 지금 동쪽으로 가고 있는 이스라엘 부족들은 군인들이 아니라 일반인들의 이동이므로 속도가 그리 빠르지 않을 것이니까 한 번 쫓아가기로 하였다. 이제 이건 자기가 거느린 정예 앗시리아 군의 체면에 관한 문제가 되었기 때문이었다.

메소포타미아에서는 형인 살만에셀이 많은 군대를 거두어 레반트 지역으로 가서 정복 사업을 진행 중이라 그곳에는 당장 움직일 앗시리아의 군대 숫자가 많지 않아 좀 답답하였으나 사르곤은 잔류병을 모두 끌어 모으기로 한 것이었다. 며칠 기다려 그곳에 도착한 군대를 모두 합하여 삼천여 명의 군사가 움직이기 시작하였다. 이스라엘 사람들도 앞으로 가고 있었지만 사르곤의 군대도 정규군답게 빠르게 힘을 내어 쫓아왔다.

이스라엘 사람들이 혹시나 해서 멀리 뒤에 세워 둔 척후들이 적지 않은 수의 앗시리아 군이 끈질기게 계속 추격하여 옴을 족장에게 알리었다. 족장은 제일 우려하던 일이 벌어진 것을 알았다. 족장은 앗시리아 군들이 이렇듯 국경을 넘어 끈질기게 계속 따라올지는 염두에 두지 않고 적당히 쫓아오다가 돌아가리라고 보았던 것이다. 빨리 도망쳐서도 늦어도 하루 이틀 있으면 따라잡힐 듯하였다. 장로회의에서는 모든 장로들이 입을 닫고 족장만 쳐다보았다. 정말 난감하였다.

이때 전위대장인 아하스의 조카이자 돌아가신 큰형님의 아들인 엘리아스가 말하였다. 저희가 결사적으로 막을 것이니 부족은 빨리 피하시기를 바랍니다. 저희 전위대가 결사대가 되어 이들이 더는 우리를 못 쫓아오도록 하겠습니다. 엘리아스는 큰형이 일찍 죽었기에 아하스가 친아들같이 키운 조카였는데 이때 나선 것이다.

## 엘리아스
-- 저희가 모두 죽어 저희 핏줄기들이 모두 활로를 찾을 수 있다면 이보다 감사하고 보람 있는 일이 없을 것입니다. 저희 전위대는 이 문제를 가지고 전부터 많은 얘기를 나누어 보았고 이런 일이 생기면 그렇게 하기로 하나님 앞에서 결의하여 왔습니다.

엘리아스의 비장한 말에 숙연하여졌으나 부족은 따로 어쩔 수 있는 방법이 없었기에 그렇게 하기로 하였다.

엘리아스는 모든 전위대를 불러들여 매복하기 좋은 지점에 있다가 앗시리아 군을 치기로 하였다. 부족이 전위대에게 모든 것을 맡기고 그 지점에서 눈물로 헤어질 때 아하스의 외동딸 미리암이 아버지 아하스에게 말하였다.

**미리암 :** 아버지, 저도 여기에 남겠습니다.
**아하스 :** 왜 그러느냐?
**미라암 :** 아버지도 아시다시피 제가 엘리아스 오빠를 사랑하고 있는 것을 아시지 않습니까? 저에게 엘리아스 오빠가 없는 세상은 아무 의미가 없는 세상입니다. 저도 엘리아스 오빠를 따라 적과 싸우다가 오빠와 같이 죽겠습니다.

아하스는 전위대 기간이 끝나면 형님의 아들인 엘리아스와 딸을 맺어주겠다고 약속하였던 것이다. 그러자 여기저기서 몇몇 처녀들이 사랑하는 그들의 남자와 남겠다고 하였다.

족장은 그럼 마지막에는 너희들은 함께 있거라! 하나님께서 축복하실 것이고 나중에 하나님 앞에서 모두 만날 것이다. 말한 후 제사장을 불러 즉시 약식으로 그들에게 결혼식을 베풀었다.

이리하여 전위대와 처녀들은 그곳에 남고 부족은 통곡 소리 속에 계속 동쪽으로 향하였다.

나중에 부족은 계속 동쪽으로 움직여 갔으나 그 후 전위대 소식은 들리어 오지 않았고 앗시리아 군도 더는 쫓아오지 않았다.

부족은 그동안 내내 전위대의 소식이 무척 궁금하였는데 다음 해 부족이 드디어 보금자리를 잡고 있을 무렵 어떤 남루한 사람이 찾아들어 부족들 사람에게 부디 자비를 베풀어 먹을 것을 부탁하였다. 그 사람은 앗시리아 군의 탈영병으로서 앗시리아 군으로 있으면 하도 살육을 저지르는 것이 지겨워 도망쳤다고 하였다.

이에 부족은 그 탈영병에게 먹을 것을 준 후 혹시 이스라엘의 젊은 사람들의 소식을 못 들었는지 물어 보았다. 과연 그는 그가 바로 이스라엘 전위대와 부딪쳤던 그 부대에 있었다고 하였다.

자기 부대는 이스라엘 사람들을 쫓다가 이들에게 기습을 당하여 많이 죽었으나 나중에 보니 이스라엘인들의 숫자가 별로 안 되어 결국에 치열하게 싸우다가 전멸시켰다고 하였다. 그러나 자기들도 심하게 타격을 받았고 더 쫓을 식량도 떨어져 뒤쫓는 것을 포기하고 돌아갔는데 왕제인 사르곤 전하도 자기가 전쟁을 많이 해도 이렇게 결사적으로 싸우는 사람들은 못 보았고 말을 하였다고 하였다.

여자도 몇 명 있는 것 같아 사르곤의 명령으로 사로잡으려고 했으나 워낙 결사적으로 달려들어 모두 죽여야만 했고 항복하는 사람은 단 하나도 없었다고 하였다.

왕제 사르곤 전하께서도 이스라엘 사람들의 장렬함을 높이 사서 적이지만 까마귀밥이 안 되게 묻어주라는 지시를 내려 한 곳에 모두 묻어주었다고 하였다.

이로서 부족은 전위대의 모든 전말을 알게 되었고 나중에 이 사연들을 생각나게 하는 일이 생길 때마다 이스라엘 사람들은 슬픔에 잠기었다고 한다.

# chapter 12
# 이란 고원

**계속 전진하여도** 전위대도 찾아오지 아니하였고 앗시리아 군의 추적도 더는 없었으므로 부족은 슬픔 속에서 전위대가 전멸한 것으로 짐작하고 다시 전위대를 젊은 사람들로 선발하였다.

고원지대는 선선하여서 지금은 지낼 만하나 좀 더 지나고 본격적으로 추워지면 어쩔까 하는 걱정이 족장의 마음에 계속 들어왔다. 그러나 당분간은 사람들이 별로 안 보이니 오히려 마음이 편해지는 면이 있었다. 족장이 제일 걱정하는 것은 전번 앗시리아 군 사태와 같이 도중에 만나게 되는 다른 족속과의 충돌이었다.

단 부족은 많은 사람들로 인하여 천천히 나아갔고 처음 데리고 온 양들도 식량으로 쓰여 조금씩 줄고 있었다. 나흘쯤 가다가 오아시스같이 빛나는 곳을 발견하여 가까이 가본즉 모래에 소금이 올라와 말라서 그런 것이었는데 부족은 마침 소금이 거의 떨어져가서 문제가 좀 있었을 때였다.

이스라엘 사람들은 거기서 하루 쉬면서 소금을 많이 캤다. 족장은 어째든 하나님께서 우리에게 쓸 것을 채워주시고 계시는구나 생각이 들어 부족 사람들에게 하나님께서 우리와 함께하고 계시는 것을 잊지 말라고 하자 전위대 문제로 풀이 죽었던 부족 사람들은 다시 크게 고무되는 분위기였다.

좀 더 나아가자 어제 땅 위의 소금을 맛보려고 많이 핥아먹었던 양들 중 배를 하늘로 드러내어 놓고 죽는 놈도 있고 낙타나 소도 갈증으로 다 힘들어 하는 것이 느껴져 크게 걱정했는데 다음 날 아침 이 사막고원에도 생각지 않게 비가 많이 내려 웅덩이마다 물이 가득 고였다.

가축들은 고여 있는 웅덩이의 물을 실컷 마셨고 사람들은 가죽부대에 물을 가득 채울 수 있었다. 갈증은 싹 해결되었다. 족장은 다시 한 번 하나님이 우리와 함께하심을 조금도 의심하지 말라고. 부족 사람들에게 얘기했다. 부족은 제사장의 지시로 예루살렘 쪽으로 꿇어앉아 하나님께 감사의 기도를 드렸다.

비가 그치고 천막을 좀 말린 후 부족은 출발하였다. 그런데 좀 더 가다가 동쪽에서 오는 대상들을 만났는데 대상의 대장이 뜻밖에 아하스와 젊을 때부터 안면이 있는 사람으로서 두 사람은 반갑게 해후하고 얘기를 나누었다. 그 대장은 아하스 당신도 알겠지만 당분간 이 길에는 사람이 거의 안 살고 물도 없고 먹을 것도 없다고 하였다. 당신들 부족들이 하루에 움직이는 거리로 해서 사오일 정도 앞으로 더 가면 큰 물가가 나오고 소그드 사람이 사는 큰 마을도 있다고 하였다.

스그드 사람이란 말을 들으니 족장은 생각나는 것이 있었다. 젊어서 여러 번 번 소그드 사람이 사는 곳으로 가본 적 있었는데 기질이 꽤나 사나웠고 재물 욕심이 많고 금을 좋아하였다. 대상들이 위험 부담이 있으면서도 이들 족속과 굳이 접촉하는 이유는 이들의 땅에서 갖은 색깔 보석류의 돌들이 많이 났고 사납기는 하나 이익이 있으면 계산은 확실한 면이 있어 자기 지역에 들어 온 대상은 자기들이 필요한 경우 잘 보호하여 주었다. 단 대상들은 그에 대한 대가를 확실하게 치를 각오를 하여야 했고 그 대가는 금덩어리를 줌으로써 해결되었다.

그러나 대상들이 지불하는 대가가 미흡하다든가 또는 대상들이 거느리고 있는 경비대의 규모에 비해 물건이 너무 많이 갖고 있으면 나눠 먹자고 노골적으로 요구하였는데 거절하면 이들과 격렬한 전투가 벌어져 대상들이 모두 전멸되는 때도 가끔 있었다. 그러니까 이들은 이익의 여부에 따라 언제든 표변할 수 있는 늑대와 같은 자들이었다. 그리고 우습게도 이들은 스스로 전설에서도 자기 조상은 푸른 늑대에게서 나왔다고 하였다. 아무튼 소그드 지역에 들어갈 때는 만일에 대비하여 여러 대상들이 약속된 장소에 모여서 규모를 크게 불려서 들어가곤 하였다.

　사실 족장이 금을 많이 확보하려고 했던 것은 이들 소그드 사람들 때문이었는데 금을 적당히 주면서 얘기가 되면 괜찮은데 이 욕심 사나운 족속들이 더 욕심을 부려 아무래도 자기들과는 크게 부닥칠 것 같은 예감이 계속 들었다. 그 대상의 대장은 족장과 다시 헤어지는 인사를 나누며 아무래도 소그드인들이 좀 걱정이라고 하였다.

# chapter 13

# 소그드인

**계속 동쪽으로 가자** 건조한 지역이 끝나고 초원지대가 나타났고 여러 날 더 갈 무렵 저 앞에서 흙 구름이 피어올랐다. 한 떼의 사람들이 말을 타고 이스라엘 사람들의 행렬 앞으로 달려왔다. 이때 이스라엘 사람들이 놀란 것이 이들이 말을 직접 타고 온 것이었다.

이스라엘 사람들은 이때까지 말은 전차나 마차 끄는 데만 쓰는 것으로 알았는데 이들은 큰 말을 나귀같이 고삐를 잡고 자유자재로 타고 있었던 것이다. 부족 사람들은 대열을 멈추고 모두 놀래어 일제히 활을 들고 나와 그들을 겨누었다.

그들은 멀리 멈추었고 만국 공통의 휴전신호인 흰 깃발을 들고 두 명이 앞으로 걸어 나왔다.

## 초원의 사람들
-- 당신들은 도대체 누구인가?

다행히 아람 말이었고 이스라엘에서도 가끔 보게 되는 블레셋 사람들같이 하얀 백인들이었다. 아하스는 오래전에 이들을 여러 번 보았으므로 이들이 소그드인인 걸 알았다.

## 단 부족의 족장 아하스
-- 우리는 먼 서쪽에서부터 높은 산을 넘고 메마른 사막을 지나서 하나님의 지시로 동쪽으로 계속 가고 있다. 당신들과 부닥칠 일은 없을 것이다. 당신들의 땅을 지날 뿐이고 당신들의 땅에서 물을 좀 얻어먹고 식량을 사고 싶다. 대신 비용은 잘 치르겠다.

## 소그드인
-- 알았다. 자세한 것은 우리 족장님께 물어보고 답을 주겠다. 여기서 가까운 걸음에 우리 마을이 있다. 더 가까이 오지 말고 우리 족장의 허락을 받아올 테니 여기서 정지하고 기다리라.

그런 중 마침 이들은 이스라엘 사람들이 나르고 있던 금송아지를 보았는데 돌아가던 그들은 다시 말의 걸음을 돌려 그것이 무엇인지 물어보았다. 그리고 다시 말머리를 돌려 돌아갔다. 그때 그들이 금송아지를 바라보는 모양이 영 좀 께름칙하였다.

**새로운 전위대장 :** 어떻게 할까요?

**족장 :** 좀 더 가보자구나.

**전위대장 :** 족장님! 아무래도 저들이 쳐들어 올 것 같습니다. 금송아지를 보는 눈이 좀 그랬습니다.

**족장 :** 나도 그런 느낌이 드네. 금송아지를 포장으로 덮어서 운반하려 했더니 굳이 금송아지를 봐야 마음이 놓인다는 사람들이 있어 그렇게 했더니만 결국 문제가 생기는군. 오늘 돌아갔으니까 며칠간은 자기들도 준비해야 하니까 내일 당장에 쳐들어오지는 않을 테니 시간은 벌었네. 아무튼 곧 쳐들어 올 것 같다. 우리도 준비를 잘 하여 보세.

**전위대장 :** 그럼 어떻게 할까요. 족장님은 전쟁 경험이 많으시니까 방법을 얘기하시지요.

**족장 :** 일단 조금 더 가서 저들이 공격하기는 어렵고 우리가 수비하기 좋은 위치가 나올 것이다. 그곳에는 물이 조금 있는 곳이니 거기서 미리 대기하는 것이 우리한테는 유리할 것이다.

**전위대장 :** 저들의 말들이 위협적일 것 같습니다.

**족장 :** 전혀 걱정마라. 대비하여 두었다.


아하스는 젊어 소그드 지역에 왔을 때 소그드인들이 말을 타기 시작한 것을 보게 되었다. 그즈음 말 위에 올라타 말을 자유자재로 부릴 수 있는 족속은 소그드인들뿐이었다. 이 기술은 소그드인들만 간직하고 있었고 다른 족속들도 열심히 알려고 하였으나 소그드 사람들은 이를 비밀로 단단히 지키어 아직 다른 족속들이 알아내지 못하고 있었다. 말은 나귀보다 훨씬 크고 낙타보다 성질이 예민하여 다루기가 쉽지 않았다.

아하스는 단을 출발할 때부터 만약 소그드인들과 부딪쳤을 때 소그드인들의 말에 어떻게 대비할까 생각을 거듭하고 있었다.

이스라엘 사람들은 과연 족장의 말대로 좀 더 가다가 물이 여러 군데서 조금씩 흘러나오는 곳을 발견하고 행렬을 멈추었다. 아래를 약간 내려다 볼 수 있는 낮은 구릉 지대였다. 마침 그곳에는 건조한 지역에서 많이 자라는 가시가 유나히 큰 나무들이 드문드문 많이 깔려있었다.

족장은 부족 사람들에게 오늘부터는 여기에 유하면서 당분간은 편히 잘 생각을 말고 바싹 긴장들 하자. 그리고 여기저기에 널려있는 저 가시나무들을 잘라서 가시가 하늘을 보게 땅바닥에 깔아 놓고 단단히 박아놓으라고 지시하였다. 부족 사람들은 열심히 가시나무를 칼로 베어낸 후 가시가 하늘을 보게 바닥에 꽂고 모래를 살살 쳐서 눈에 확 드러나게 않게 하였다.

부족이 정지하여 있는 곳에서 좌우로 오백 걸음 앞뒤로 이백 걸음 정도 가시나무를 쭉 꽂아두는 작업을 각 집안마다 돌아가며 쉬지 않고 계속하였고 작업을 하지 않는 집안은 활과 화살을 모두 꺼내어 사격 연습도 쉬지 않고 하였다. 단 부족의 남자들은 이스라엘을 출발하여 쉴 때마다 활 연습을 게을리 하지 않아서 요즘 한창 실력이 오르고 있었다.

그리고 족장은 연기를 피워 밥을 하지 말라는 지시를 내리었다. 부족이 머물러 있는 위치가 드러나면 좋을 일이 없다고 하여 부족은 계속 양젖과 요구르트로 버티었다.

# chapter 14

# 전쟁

**단 부족들은** 전번 소규모의 앗시리아 국경 수비대와 얼떨결에 싸운 후 이번에는 제대로 부닥치는 것 같은 전쟁 분위기에 다들 바싹 긴장들 하여 화살들이 날아가서 과녁에 꽂히는 소리와 족장과 장로들이 내리는 지시를 다시 복창하여 전달하는 소리만 크게 울려 퍼지고 있었다.

사흘째 날, 부족 사람들이 돌배개로 자고 있을 새벽녘에 전위대가 미리 숙영지 멀리에 앞에 세워 둔 척후들에게서 나는 뿔나팔 소리들이 급히 울려 퍼졌다. 요란한 모래 구름을 피워 내면 소그드인들의 큰 무리가 말을 전속력으로 몰고 밀려왔다.

족장은 침착히 있으라고 말하고 가시 덫 지대를 혹시 통과하여 오는 자만 쏘아 맞추라고 하였다. 소그드인들이 가시 지대에 들어서자 그들이 탄 말들이 날뛰기 시작하였다. 가시에 발을 찔린 말들이 갑자기 놀라 머리를 쳐들자 뒤에서 달려오던 다른 말과 부딪혀 기수를 땅에 내동댕이치기 시작하며 아비규환이 일어났다.

앞에서는 난리가 났는데 뒤에서는 점점 많은 말들이 들이닥치니 서로 부딪쳐 말과 기수들이 무수히 자빠졌다. 영문 모르고 달려들던 소그드인들은 크게 피해를 당하고서야 사태를 눈치 챘는지 말머리를 돌려 왔던 곳으로 되돌아갔다.

## 족장

-- 자! 이젠 나이 드신 분들과 여자들은 창을 잡고 가시를 조심스레 치십까면서 쓰러져 있는 놈들의 목을 찔러버려 주시고 전위대와 젊은 사람들은 낙타를 집어타고 나를 따르라 그리고 북도 몇 개 가져가자. 저놈들이 우리가 감히 이렇게 즉각 반격해올지 꿈에도 예상 못 할 것이고 지금쯤은 당황하기도 하고 해서 어딘가에 가서 쉬고 있을 것이 분명하다. 이대로 치고 들어가자! 낙타가 울지 않도록 입마개를 물려라.

족장은 서둘렀다. 여기에서 저들의 거주지가 멀지 않다고 느끼고 그들의 말 발자국을 살펴가며 조용히 낙타를 몰고 계속 나아가자 저녁 무렵에야 갈대로 지붕을 이은 초가가 즐비한 큰 거주지가 호숫가 옆에 나타났다. 조용히 접근하자 그들은 부상당한 사람들을 치료하느라고 정신이 없는지 분주하여 단 부족이 접근하는 걸 조금도 눈치 채지 못하고 있었다. 이스라엘 사람들은 마을을 조용히 완전히 둘러쌌다.

## 족장

-- 저들 집에 불화살을 날리고 북을 올려라! 모여 있는 낙타와 말들에게 화살을 날리고 튀어나오는 놈들은 가슴팍에 화살을 족족 꽂아주어라.

이스라엘 사람들이 조용히 접근하여 초가에 불화살을 날리고 북을 치며 함성을 일제히 질렀다. 마구간에 많이 매여져 있는 많은 말들과 낙타에도 화살을 날리니 낙타와 말들이 미쳐 길길이 날뛰었고 이를 살피러 소그드인들이 튀어 나오다가 가슴에 화살이 푹푹 꽂혔다.

불길은 더 거세지고 소그드인들은 어찌하지도 못하고 쩔쩔 매다가 화살에 맞고 불에 타고 많은 자들이 죽었으며 나머지는 어둠을 틈타 달아났다. 그래도 그 와중에서 살아나온 이백여 명의 소그드인과 말과 낙타 삼백여 마리를 생포하는 전과를 올렸는데 족장은 말과 낙타는 잘 챙기고 사람은 삼십 명만 남겨 놓고 나머지 전부 다 목을 잘라버리라는 지시를 내렸다.

부족 사람들은 대부분 전쟁 한 번 안 해본 사람들로서 난생처음 할 수 없이 창칼을 들고 나섰지만 사람의 목을 잘라야 한다는데 부담되어서 머뭇거리자 족장은 칼을 들고 즉시 두 놈의 목을 날려버렸다. 전위대원들이 이를 따라하였다. 길가에는 죽은 시체가 잔뜩 쌓이었다.

호수 둘레에는 소그드인의 다른 마을도 있는 것 같은데 당분간은 겁이 나서 달려들지 못하겠다고 판단한 족장은 이스라엘 사람들을 그 큰 마을로 데리고 들어가서 불에 안 탄 큰집들은 각 집안사람들에게 나누어 주고 마을에 널려 있는 시체들은 좀 떨어진 길가에 모아다가 목을 자른 채 그냥 방치하여 두라고 하였다.

이 시대의 이런 곳에서는 모든 것이 죽기 아니면 살기였으므로 주위에다 자기들이 강한 것과 무자비함을 자랑하여 현재 적이거나 앞으로 예상되는 적에게는 겁을 단단히 줄 필요가 있었던 것이다. 또 적을 살려두었다가 나중에 되레 보복을 당하는 수가 많아서 당시에 부족 간의 싸움에서는 주위에 노예를 사들일 노예 상인들이 없으면 적은 일단 무조건 전부 죽이고 보는 것이 원칙이었다.

족장이 또 곧 겨울이 다가오므로 부족이 쉴 곳을 크게 걱정하였는데 저들이 도발하는 바람에 이리 되었으니 이것은 다 하나님께서 마련하여 주시는 것이라 올 겨울은 일단 여기에 터 잡고 보내자고 하였다. 곧 가까운 시일 내에 호수 주변을 돌면서 남은 적들은 정리하기로 하였다.

그리한 다음, 제사장의 선창으로 이스라엘 사람들은 예루살렘 쪽으로 무릎을 꿇고 전쟁을 승리로 완벽하게 이끌어 주신 거룩하신 하나님께 감사의 기도를 올리었다.

며칠 동안 부족들이 마을에 들어가 전번 불을 질러버린 몇몇 집들 외에는 다른 집들이 잘 남아있어 살펴보니 그곳 소그드인들이 부유하게 살고 있었음을 알았다. 소그드인의 집 창고에는 곡식들이 그득하여 부족의 여자들은 입이 귀에 걸리었다. 족장은 우선 부족의 집회소로 쓸 곳과 가축들을 가둘 곳 등을 잘 손보라고 부족의 목수들을 모아 놓고 지시하였다.

대충 정리가 끝난 후 족장과 장로들은 부족 사람들을 활과 창으로 무장시켜 호수를 한 바퀴 도니 소그드인들은 모두 다 도망가고 마을들은 텅텅 비어있어 각 집안들에게 제비를 뽑게 하여 마을들을 나누어 주었다.

호수 주위에는 미루나무가 크게 많이들 자라고 있었는데 족장은 미루나무 긴 가지를 잘라내고 바짝 말리라고 하였다. 네댓 길로 길이를 맞춘 후 양쪽을 뾰족하게 깎아 각 마을 별로 꼬챙이를 만들어 마을 앞에 좌우 앞뒤로 길게 꽂아서 적의 침입에 대비하고 또 많이 보관도 하라고 일렀다.

## 족장은

-- 저들이 늦가을에 자기들 집을 우리에게 빼앗겼으니 자기들도 어떻게든 다시 쳐들어 올 것이다. 자기들이 우리보다 우위에 있다 보는 것이 말 좀 타는 것이니까 말로 우리를 짓뭉개려고 할 것이니 그때는 미루나무 꼬챙이를 땅에다 많이 박아 놓아두면 말도 자기 발이 꼬챙이에 찔리는 것이 싫어 미루나무가 안 박힌 곳으로 달려들 텐데 그때 자기들끼리 부딪치고 주춤거리는 사태가 벌어질 것이다. 그때는 우리가 활 솜씨 좀 자랑하면 되고 쓰러져 있는 자들은 모가지에 모두 창 세례를 하여주면 된다, 고 하였다.

과연 소그드인들은 마을을 탈환하기 위하여 몇 번 쳐들어왔으나 미리 많이 파놓은 놓은 해자며 설치된 꼬챙이 덫에 걸려서 우왕좌왕하다가 단 사람들의 화살에 모두 죽임을 당하고 말았다. 그 후 소그드 사람들은 더는 안 쳐들어왔으나 이스라엘 사람들에게는 소그드 사람들이 늘 마음속의 부담으로 남아 있었다.

또 족장은 해야 할 일이 있었다. 앞의 전투에서 사로잡은 포로들을 심문하여 소그드인들의 정보를 캐기 시작한 것이다. 정보 중에 가장 중요한 것은 말을 어떻게 탈 수 있는가도 포함되었다. 그래서 젊은 전위 대원에게 소그드인들에게 말 타는 법을 배워보라고 하고 또 이 소그드인들이 말을 가르쳐주다가 갑자기 말을 타고 달아날 수가 있으니 대비로 곳곳에 궁수를 설치하여 두라고 하였다.

과연 이들 중 두 명은 말을 가르치다 갑자기 잡아타고 달아나자 미리 피리소리를 듣고 잠복해 있던 궁수가 날린 화살이 등에 박혀 즉사하였다. 이런 여러 가지를 본 소그드인은 이스라엘 사람들이 자기들보다 한수 위라는 것을 인정하고 고분고분하여져 말을 부리는 방법과 자기들 사정을 그동안 서로 익힌 말로 털어놓기 시작하였다.

소그드인들은 초원에 널리 퍼져 살고 있으며 자기들에게는 왕은 없고 각자의 마을을 여러 족장들이 이 초원을 나누어 다스리는데 이 모든 소그드 사람들이 모여서 제사하는 곳에는 대 제사장이 있어 여기서 여러 날을 말로 달리는 거리에 자기들의 성소가 있다고 하였다. 전쟁이 일어나게 된 이유는 보통은 통행세만 받고 통과시키는데 큰 황금송아지를 본 후 마음이 달라져 그걸 뺏으러 오다가 된통 당한 셈이라고 하였다.

이 말을 들은 장로회의에서는 척후를 백여 리 앞까지 보내어 이들의 움직임을 항상 감시하기로 하고 그동안 소그드인들에게서 말 타는 것을 배운 척후들은 이제부터는 빼앗은 말을 이용하여 수시로 오고가기 시작하였다.

# chapter 15

# 소라 성

**이스라엘 사람들은** 빼앗은 말들과 그동안 단에서 마차를 끌고 온 말까지 동원하여 말 타기 훈련을 하였다. 처음에는 쉽지가 않아 말을 타다가 다치는 사람들도 있었으나 그곳에서 단 부족이 이십여 년 이상 눌러 앉아있는 동안 단의 온 부족의 남자들은 말을 능숙하게 다루게 되었다.

이스라엘 사람들이 말을 능숙하게 타게 되자 척후 활동 등 군사 문제에 점점 자신이 생겼고 활쏘기를 쉬지 않고 하여 나중에는 이스라엘 사람들은 모두가 노련한 군인들이 되어갔다.

단 부족이 이곳에 눌러앉게 된 또 다른 이유는 계속 움직여야 했으므로 길가에서 어린아이들에게 잘못 할례를 베풀다가 사망하는 경우도 있어 여기 눌러 앉아 충분한 시간을 갖고 할례를 시행하기 위한 것도 이유의 하나였는데 여기까지가 이스라엘 사람들이 제대로 할례를 받은 마지막 시기였다.

할례는 이스라엘 사람과 다른 족속 사람들을 구별하게 하는 것으로 하나님이 정하신 규례에 들어있는 중요한 내용이었으나 나중에는 계속 길을 가야 했고 다른 핏줄을 가진 훨씬 사람들과 많이 섞여 살다 보니 할례를 점점 잊게 되었다.

이 호숫가의 마을은 소그드인들이 언젠가는 다시 쳐들어온다는 불안감만 제외하면 살아가기가 무척 좋아서 다시 움직이기 싫을 지경이었다. 단 부족은 라이스에서 남의 마을을 뺏어 살기 시작했었고 여기서도 그리하였다.

그곳에서 단 부족은 잘 지냈는데 그래도 문제는 겨울은 좀 심해서 애써 라이스에서 여기까지 데리고 온 짐승들이 많이 죽었다는 것이다. 특히 봄이 시작되면서 유행병이 돌아서 첫해에는 소가 많이 죽었고 다음 해에는 말, 또 다음 해에는 양 이런 식으로 가축들이 죽어가서 타격이 심하였다.

다행이 이곳은 겨울에는 춥지만 여름에는 해가 쨍쨍하였으므로 라이스에서 가져간 씨로 곡물을 심고 호수의 물을 끌어다가 수확을 보게 하였는데 기후가 맞는지 소출은 무척 좋았다. 소그드인들은 과일도 키웠다는데 마침 수박이나 메론 등의 씨앗을 놓아둔 것을 발견하고 심었더니 무척 달았다.

아하스의 지혜로운 조치로 부족 내에서 권위는 점점 절대적으로 되어 갔다. 부족회의에서 젊은이들이 아하스 족장 만세를 외쳤을 때, 족장은 즉각 중지시키고 나를 칭송하는 것은 하나님의 영광을 가리우는 행위이고 또 우리가 이럴 수 있는 것은 모두 엘리아스의 희생 덕분이라고 생각한다. 내가 잘한 것은 눈곱만치도 없다. 앞으로는 절대로 그러지 마라. 그리고 내가 정확한 판단을 할 수 있다면 하나님께서 나에게 지혜를 주시니까 그럴 수 있는 것이다. 그러니까 우리는 하나님이 안 도와주시면 아무것도 할 수 없음을 절대 잊으면 안 된다, 고 하였다.

이런 말을 들은 이스라엘 사람들은 숙연하여짐과 함께 오히려 우리 족장은 하나님과 항상 함께하시고 있다, 라는 믿음이 생겨 아하스에 대한 부족 사람들의 신뢰는 더 절대적이 되어 갔고 부족 사람들의 자신감은 더 커져갔다.

어느 날, 족장이 레위 사람 제사장에게 말하였다. 저 황금 송아지가 소그드인을 끌어들였지 않소. 우리 족속이 맨날 잡아먹는 소가 하나님의 형상이라고 하는 것은 웃기는 일이외다. 저 황금 송아지가 진짜 힘이 있다면 소그드인을 불러드리지 않았었어야지, 끌고 다니기도 귀찮고 하니 녹여서 열두 마을에게 골고루 분배합시다. 제사장은 그러마고 찬동하였는데 기실 제사장이 젊었을 때 포도주에 너무 취하여 황금 송아지의 머리에 오줌을 갈겨버린 적이 있었는데 제사장도 송아지가 벌을 내릴까 걱정하였으나 아무 일 하나 없이 넘어가자 제사장도 송아지의 효험에는 의문을 많이 갖고 있던 것이었다.

이 이야기는 나중에 단 부족이 소그드인의 큰 습격을 받아 괴멸적인 타격을 받고 많은 사람들이 죽어갔을 때 적의 화살을 맞은 제사장이 족장의 품에서 숨을 거두기 직전 웃으면서 고백한 얘기라고 한다.

다음 해 봄에 한 떼의 아람인 대상들이 찾아와 고향 소식을 전하고 갔는데 사마리아 성은 왕이 없는 데도 앗시리아의 포위 공격을 잘 버티고 내고 있고 앗시리아 사람들의 왕인 살만에셀이 진중에서 기으으로 갑자기 죽어 구대가 줌간 메소포타미아 총독으로 가있는 동생 사르곤을 불러서 왕으로 추대하였다고 하였다. 이스라엘의 각 지역들은 포위되어 있는 사마리아를 제외하고는 전부 앗시리아의 북쪽으로 끌려갔다며 단 부족의 대처가 현명하였다고 얘기하였다.

이들 이후 아람인들의 대상들은 이곳을 경유지로 삼아 가끔 들리며 세상 돌아가는 소식도 전하여 주고 반대편 소그드인의 소식도 알려 주었는데 언젠가는 소그드인들이 다시 쳐들어 올 것 같다고 귀띔하여 주었다.

소그드인들과 처음 부닥쳤을 때는 몰랐는데 소그드인들의 시체를 수습하면서 알게 된 사실은 갑옷을 입은 채 죽임을 당한 사람 중에 의외로 여자가 많이 있었다는 것이다. 살려둔 포로 중에도 남자인 줄 알았다가 여자인 것이 드러나 이 여자들은 장로들에게 노예로 돌아갔다. 소그드 사람들은 남녀가 구분 없이 똑같이 싸운다는 것을 알았다. 나중에 이 여자들에게서 이스라엘 사람들이 태어나기도 하였다.

족장은 이 초원에서 살아남기 위한 전쟁에서는 남녀가 따로 있을 수 없다고 생각하고 이스라엘의 여인들도 활쏘기를 배우라는 지시를 내리고 수시로 여인들 활쏘기 대회를 열어 푸짐한 상을 주며 더 잘 쏘기를 독려하였다. 그리고 알게 된 사실의 하나는 전번 전투에 하나님이 도와주셔서 이겼지만 소그드인의 활이 단 사람들의 활보다 훨씬 더 많이 나간다는 것이었다.

그리고 더욱 놀라운 것은 이 소그드인들이 말 위에서도 활을 쏠 수 있다는 것이었다. 이스라엘도 이를 흉내 내려 해봤는데 이는 쉽지 않아 이스라엘 어린애들이 어릴 때부터 말 타기를 배운 뒤 세월이 좀 더 많이 흐른 후에야 가능한 일이 되었다.

물푸레나무로만 만든 이스라엘 활에 비하여 소그드 활은 굵은 대나무에서 발라낸 살에 소뿔을 붙여서 사용한다는 것을 알고 따라서 만들어 보려고 했으나 쉽지가 않았다. 단 사람들은 활의 개량에도 끈질기게 매달려 나중에는 단족의 활이 소그드인들의 활보다 훨씬 많이 나가게 되기도 하였는데 이는 나중의 일이었다.

 이곳은 원래 호숫가 옆이라는 뜻의 부셀아드라는 소그드 지
명이 따로 있었으나 여기 찾아 온 아람 상인들이 이곳 지명을
어떻게 불러드릴까 하니 막상 대답이 궁하여 그들의 조상 땅
을 생각하여 단 사람들의 조상들이 가나안에서 처음 들어와
라이스 지역으로 오기 전에 살았던 소라라고 부르라고 하였고
그로부터 이스라엘 사람들도 이곳을 소라라고 불렀다.
 이 소라 성은 아람 상인들에게 많이 알려지게 되어 나중에는
이들이 많이 찾아와 세상 소식을 전하여 주고 갔고 물품 교환
도 적지 않게 이루어져 소라 성은 이 고원지대에서는 중요한
지역이 되어 갔더라.

# chapter 16
# 시련

**아하스도 하나님께서** 멈추라는 말씀이 없어서 그곳 소라에 눌러 앉아있는 것이 은근히 부담이 되었으나 이곳이 고향 라이스 단보다는 조금 춥기는 하나 오히려 상쾌하였고 이렇듯 물이 풍요로운 호숫가에 사는 것이 오히려 잘된 것 같아 하나님께서 이곳으로 인도하셨구나 하고 생각하고 있었는데 정말 이곳이오니까? 하나님은 도대체 우리를 얼마나 먼 곳으로 데려가시려는지, 우리도 정말 고향을 떠나 이 머나먼 곳까지 왔는데. 아무리 기도드려도 하나님은 대답이 없으셨다.

지나가던 아람 상인들이 사마리아 성이 드디어 함락되었으며 사마리아 성에서 반항을 주도하던 우두머리들은 아래 사람들이 보는 가운데서 기름에 잔뜩 발려진 후 산 채로 불로 태워졌으며 그 후 나머지 사람들은 모두 앗시리아의 북쪽으로 끌려갔고 하였다. 지금은 사마리아 전 지역에는 앗시리아가 끌어들인 다른 족속이 들어와서 살고 있으며 라이스에도 다른 지역 사람들이 들어와 살기 시작하였다는 얘기를 전하였다.

족장도 어느 날 생각나는 것이 있어 다른 마을은 우선 놓아 두고 족장이 있는 곳이라도 성을 만들자고 하여 이곳 소라 근처에는 큰 돌이 별로 없었으므로 미루나무로 거푸집을 만든 후 흙에 물을 붓고 갈대나 자갈을 다져가며 차츰 성벽을 높이 쌓아 올렸다. 이리 해둔 것이 나중에는 큰 도움이 되었지만 단 사람들의 평화도 막을 내리고 있었다.

가을날 가을걷이를 끝내고 수장절 다음 날 족장이 부족의 젊은 남자들을 전부 소라 성 앞으로 불러다 활쏘기 대회를 열고 있었다. 저녁이 되어 식사를 시작할 쯤 갑자기 호수 저편에서 불빛이 번쩍이고 큰 소리가 들려 경계를 급히 서둘고 살폈더니 호숫가 각 마을로 소그드인들이 쳐들어와 불을 지르고 공격을 시작한 것인데 그들은 앞으로 오지 않고 초원을 둘러서 뒤로 쳐들어 왔던 것이다.

이스라엘 사람들은 소라만 성을 만들었을 뿐 각 마을에는 마을 앞에 해자나 꼬챙이 덫을 만들어 놓은 정도였는데 소그드인들은 각 마을의 뒤로 살금살금 쳐들어와서 불을 지르고 마을에 남아있던 노인들과 여자들과 아이들을 밤새 모조리 다 죽였다.

소라성에 왔던 각 마을의 사람들은 자기 마을로 도와주려고 가려는데 족장이 강력히 말리었다. 저러듯 불 지르고 하는 것은 우리들을 불러내어 기습으로 몰살시키려고 하는 것이다. 비통하여도 참아야 나중에 복수할 수 있다, 고 하였다. 족장은 냉철하였다.

아침이 되니 이들 소그드들은 소라 성 앞으로 몰려들었다. 성 앞에는 장애물과 해자를 파놓아 쉽게 접근은 못하자 소그드인들은 각 마을에서 잘라온 이스라엘 사람들의 목을 긴 장대에 끼워서 흔들어 대었다.

그들은 이번에는 말을 타지 않고 내려서 장애물을 조금씩 제거하며 차차 가까이 오는데 그 숫자가 무척 많았다. 이쪽에서 화살을 날리면 쇠를 덴 방패로 다 막아내었다. 장애물 설치한 것이 많아서 저녁이 되자 내일 아침에 공격하려는지 물러갔다.

아하스는 얼이 빠져 있는데 전위대장인 에브라임이 족장님 '오늘 밤 저들을 들이치면 감히 우리가 쳐들어올지는 생각지 못할 겁니다. 그래서 그날 밤 척후를 보내어 적정을 보니 처음에는 기습에 대비하는 듯 하였으나 새벽이 되니 어제의 피로가 몰려오는지 쓰러져 잔다고 하는지라 이스라엘 사람들은 새벽녘에 남녀 불문하고 제사장까지 모두 손에 무기를 잡힌 후 암문으로 빠져나와 적 진지에 살금살금 접근하여 갑자기 북을 치며 공격하니 소그드인들은 대혼란이 일어나 자기들끼리 찔렀는데 이때 전위대가 밀고 들어가 닥치는 대로 창으로 찌르니 다들 도망하였다. 그러나 그 과정에서 이스라엘 사람들도 수없이 죽었고 제사장도 족장의 품에서 숨을 거두었다.

소라 성으로 돌아와 좀 쉬니 전위대장 에브라임이 지금 무지하게 힘들지만 적들이 도망가다가 쉴 것 같고 마침 적이 버린 말과 갑옷이 많이 있으니 저희 전위대가 이걸 입고 쫓아갈까요? 족장은 좋은 생각이라 여기니 전위대들은 죽인 적들의 옷을 벗겨내어 입고 말을 달려가니 과연 도망치던 적들이 길에서 쉬고 있는지라 처음에 적이 자기편인지 알고 주춤하는 사이에 닥치는 대로 짓밟아버리자 소그드들은 다시 말을 잡아타고 달아났고 말을 탈 시간도 없던 자들은 포로로 모두 잡히었다.

돌아 온 전위대원들과 에브라임의 수고를 칭찬하고 피해 점검에 들어가니 호숫가에 둘러있던 마을의 이스라엘 사람들은 거의 다 죽었고 잽싸게 말이나 나귀를 타고 달아났던 사람들만 조금 살아남아 소라 성으로 찾아들었다. 그야말로 이스라엘 사람들은 자기들이 심한 타격을 받은 것을 알았다.

**족장 :** 우리가 그동안 마음을 너무 놓았소. 내 책임이 커도 너무 크구려. 우리도 심하게 타격을 입었지만 저들도 크게 타격을 입었으니 당분간은 쳐들어오지는 못할 것이오. 아무튼 준비할 수 있는 시간은 벌었으니 감사해야 하오.

부족의 숫자가 거의 10분의 일 이하로 줄어들었다. 원한 맺힌 소그드인들은 마을에 남아 있던 이스라엘 사람들의 부모와 여자들과 어린아이들을 닥치는 대로 죽여, 특히 여자들과 어린 아이들이 거의 사라진 것이 큰 문제였다.

전투 과정에서 소그드인 포로들을 조금 잡았으므로 남자 포로들은 몇 명만 살려두고 나머지는 목을 날리었고 여자 포로들은 아내가 죽었거나 총각인 남자에게 시중을 들게 하였더니 이듬 해 봄에는 이들이 거의 다 배가 불러와 이스라엘 사람들이 소라 성을 뜰 때 같이 행동하였다. 아무튼 단 부족의 사람들에게는 여자가 너무 없는 것이 문제가 되었다.

# chapter **17**
# 하나님의 약속

**단 사람들의 족장** 아하스는 눈물로 거룩하신 하나님께 슬픔과 고통의 기도를 드렸다.

-- 하나님! 저희를 정녕 다 죽이려 하십니까? 주님의 명을 받들어 여기까지 왔는데, 도대체 어디까지 가야되는지요? 이런 큰일을 당하니 어찌할 바를 모르겠습니다. 아하스는 계속 기도를 드리다 잠깐 잠이 들었다.

새벽에 거룩하신 하나님이 이스라엘 단 부족의 족장 아하스에게 나타나시었다.

**하나님 :** 아하스야.
**아하스 :** 제가 여기 있습니다.
**하나님 :** 너는 나와의 약속을 잊었느냐?
**아하스 :** 저는 계속 동쪽으로 왔습니다.
**하나님 :** 여기는 아니다. 내가 아직 이곳이라고 말한 적은 없

다. 네 자손들이 머물 곳은 이곳은 아니다. 더 좋은 곳을 주려고 한다. 그리고 내가 멈추라 할 때까지 계속 더 나아가야 하느니라. 갈 길이 아직도 멀다. 너희 족속은 내가 세상 끝에 가서 마지막으로 크게 쓸 일이 있다. 그리고 너는 곧 나와 함께할 것이니라.

**아하스 :** 하나님은 언제나 저와 함께하지 않으셨습니까?
**하나님 :** 그 뜻이 아니라 너는 그곳에 가기 전에 나와 함께 있겠다는 뜻이다.
**아하스 :** 주여! 제가 그곳을 얼마나 보고 싶어 하는지 아실 것이옵니다.
**하나님 :** 그곳을 볼 수 있는 너의 사람들은 따로 있다.
**아하스 :** 주여! 너무 섭섭하옵니다.
**하나님 :** 아하스야! 내 언제나 너와 함께하였느니라. 너는 그것을 잊었느냐?
곧 나에게 올 준비를 하여라.

아하스는 일어나 섭섭하면서도 하나님이 아직도 자기와 함께하고 계시다는 것을 새삼 깨닫고 감사의 기도를 올리고 부족을 약속의 땅, 미지의 땅, 동쪽으로 이끌어야겠다고 생각하였다.

아하스도 여기가 싫어졌다. 이번 전투에서 아하스의 두 아들도 모두 죽었으므로 세상에는 아하스의 소생이 하나도 남지 않게 되었던 것이다. 무엇보다도 큰 타격은 제사장과 그의 아들 셋이 모두 죽은 것이다. 이스라엘에서 족장과 제사장은 사이가 보통은 좀 떨떠름한데 단 부족의 족장과 그 제사장은 죽이 잘 맞아 아하스의 일에 협조적이었다.

소그드인을 공격할 때 가슴에 화살을 맞은 제사장은 젊을 때 포도주에 취하여 그동안 금송아지의 머리에 오줌을 눈 것이 마음에 걸렸는지 아하스 품에서 털어놓고 죽었다. 제사장 집안은 부족 내에서 어려운 히브리어 성경 토라를 제대로 읽어줄 수 있는 몇 안 되는 사람이었기 때문에 제사장 가족의 죽음은 잘못하면 부족 전체가 까막눈이 될 수도 있다는 것을 의미하였다. 이스라엘의 문자는 어려워 전문적으로 오랫동안 공부를 하지 않으면 쓰고 해석할 수가 없었다.

봄이 되자 이스라엘 사람들은 마을에서 나와서 동북방에 있는 구릉 지대를 천천히 올라가기 시작하였다. 족장은 먼저 소라 성을 뜨기 전에 그동안 잡은 소그드 포로들을 풀어주라고 지시하였다. 약간의 소그드 남자들과 이스라엘 사람을 갖지 않은 소그드 여인들은 소라 성에 남겨졌다. 족장은 비록 그들이 적이었지만 이제는 풀어주어야 할 때라고 하였다.

포로가 되었던 소그드 노예들에게 알아낸 사실은 동북방쪽으로 산과 강을 넘으면 곧 박트리라고 히는 사람들이 나타나는데 좀 답답하지만 말이 전혀 안통하지는 않을 것이고 거기서 더 한참 가면 수렵이나 하고 수수나 키워서 먹고사는 사람들이 나타나는데 도구는 석기를 쓰고 생긴 것은 얼굴에 지방이 통통히 껴서 눈은 째지게 보이고 코는 콧구멍만 뚫려있어 생긴 건 좀 그렇지만 기질은 그렇게 사납지는 않은 것 같다고 하였다.

그 지역을 그쪽 사람들 말로는 알타이라고 부르는데 너무 멀어서 자기들도 별로 가본 사람이 드물다고 하였다. 금이 아주 많이 난다는 소문이 있어 소그드 사람들도 자기들 바로 윗대에서 한 번 대대적으로 쳐들어가려고 군대를 꾸려 원정을 떠난 적이 있는데 알타이를 가기 위하여서는 먼저 박트리 지방을 거쳐 가야 했으므로 박트리 지방을 지나다가 그곳 사람들과 단단히 부딪쳐 많은 사람들이 죽은 후 생각을 접었다고 하였다. 그때 박트리 사람들의 군대에서는 전차를 운용하고 있었다고 하였다.

이스라엘 사람들이 동쪽으로 직진하여 가게 되면 원수가 된 소그드인과 다시 부딪쳐야 하였으므로 박트리 사람들과는 잘 교섭하여 길을 열어 보겠다는 희망에서 동북방으로 방향을 잡았던 것이었다.

# chapter 18

# 이별

큰 언덕을 천천히 올라 여기서 더 가면 소라 성이 보이지 않게 되는 곳에 이르게 되었다. 족장은 새로 제사장으로 임명된 전 제사장의 조카와 살아남은 장로들을 모이라고 하였다.

## 아하스 족장

-- 사랑하는 부족 여러분, 그래도 여기까지 올 수 있었던 것도 모두 거룩하신 하나님의 은혜인 겁니다. 우리 족속은 언제나 우리의 주님이신 하나님과 함께하여야 살 수가 있습니다. 그간 고마움의 표시로 여기에 간단한 제단을 쌓았으면 합니다.

이스라엘 사람들은 알맞은 크기의 자연석을 모아 제단을 쌓았다. 그 돌은 절대로 자연 그대로여야 하고 일부러 형태를 맞추려고 돌에 손질을 하여서는 안 되었다.

간단히 자그마한 제단이 완성되자 부족은 제사장의 호령에 따라 예루살렘 쪽으로 무릎을 꿇고 하나님께서 지금까지 지켜

주신 것을 감사하며 앞으로도 함께하여주실 것을 간절히 기원하였다.

부족 사람들은 그간의 어려움과 전쟁에서 죽은 피붙이들이 생각나서 서럽게 울음소리와 함께 그리하여 주소서 라고 답하였다.

**기도 후 출발하려 하자 족장은 말하였다.**

-- 사랑하는 부족 여러분! 제가 여러분과 함께할 수 있는 곳은 여기까지입니다. 작년 가을 소그드의 큰 습격 이후 제가 너무 크게 신거스로 심하게 타격 받아 매일 피를 토하며 지내고 있었지만 제가 조금도 내색 안하고 억지로 버티어 왔습니다. 이제는 더는 이 상태로 더 갈 수 없어 여러분에게 부담만 더해 줄 것입니다. 저는 이곳에서 잠시 버티다가 곧 하나님이 부르시려고 하시니 하나님 앞으로 나아갈 겁니다.

그리고 족장은 에브라임! 손을 내밀게, 전위대장 에브라임의 손을 잡고 말하였다.

-- 존경하는 장로님들, 다음 족장은 여러분들이 뽑겠지만 저는 전 족장으로서 추천권이 있으니 지금 전위대장인 에브라임을 저 다음의 족장으로 추천합니다. 에브라임이 비록 나이는 어립니다만 정말 극도로 어려운 가운데서 조금도 불평 안하

고 부족의 힘든 일을 도맡아 저를 도와주었습니다. 부족을 위하여 정말로 어떻게 해야 할 줄 알고 있는 사람입니다. 장로님들께서 합심하여 에브라임을 도와주신다면 에브라임이 우리를 하나님께서 약속하신 곳으로 잘 이끌고 갈 수 있으리라고 봅니다.

여러 장로들은 사실 족장이 부족을 제대로 지키지 못했다는 자책감과 자기 자식과 아내까지 모두를 잃은 후 몸 상태가 정상이 아니라는 것을 알았지만 그렇게 심한지는 몰랐다. 족장은 여러 장로들, 신임 제사장과 눈물로 포옹을 한 후 자신의 장례를 치러 줄 전위대원 몇 명만 남기고 이제는 어서 출발하라는 표시를 하였다.

부족 사람 가운데 많은 젊은 사람들에게는 어릴 때부터의 족장은 아하스였기 때문에 그들에게 아하스라는 말은 아버지와 같은 의미였다. 부족은 아래에서 점점 멀어지는 정든 고향과 부족장과의 황망한 이별에 충격을 받아 슬픔에 겨워 통곡하면서 내려갔다.

부족의 끝이 보이지 않자 곧 족장은 숨을 거두었고 전위대원들은 제단 옆에다 흙을 파서 족장을 묻고 그 위에 큰 자연석 몇 개를 포개놓은 후 곧 부족을 뒤따라 내려갔다.

# chapter 19
# 에브라힘

**그날 저녁에** 장로들이 모여서 족장을 선출하였는데 투표를 거치지 않고 가장 나이 많은 장로가 추대의 말을 하자 부족의 장로들은 일제히 에브라임 말고는 아무도 없다 외치고 에브라임은 그 자리에서 새 제사장의 기름 부음을 받음으로써 족장이 되었다.

에브라임은 '갑자기 황망 중에 어린 제가 소임을 받았지만 아하스 족장님의 발바닥이나 할까 무척 두렵고 걱정입니다. 여러 장로님들을 잘 모시고 제사장님의 권유를 경청하여 아하스 족장님이 안 계신 이 난국을 뚫고 가려 합니다. 오직 기도하며 하나님이 저희와 함께하여 주시길 바랄 뿐입니다.

**그러자 늙은 장로가 다시 말하였다.**
-- 지금은 부족이 극도의 위기 상황이니 나이 따지지 않고 젊은 사람이 하는 게 좋겠다는 생각이었소. 전 족장 아하스도 일찍 족장이 된 셈이지만 하나님에 대한 믿음이 좋고 자기보다

연장자들에게는 자기가 족장이라고 조금도 티를 안내고 잘 대해주면서도 이곳까지 우리를 능수능란하게 너무 잘 이끌어 왔소. 그러나 마지막에 소그드들한테 당한 것이 너무나 컸소. 앞으로 이런 일이 다시는 없게, 우리 에브라임 족장이 하나님의 도우심을 받아 잘 할 수 있기를 앞으로 내내 기도합시다.

처음에 단을 출발할 때는 몇만여 명 훨씬 넘는 사람들이 양과 소를 몰며 전 부족이 길을 구름같이 메우며 기개 있게 나아갔으나 이제는 다 포함하여 이천여 명 조금 넘는 사람들이 초라하게 산길을 내려가는 모습을 보며 젊은 족장의 눈에서는 눈물이 땅으로 떨어졌다.

밤에 에브라임은 하나님께 지금 자기가 느끼는 고통을 얘기하고 자기도 아하스 족장 같이 하나님께서 함께하여 주시어서 이 극심한 압박감에서 벗어나게 하여 주시길 간절히 기도하였다.

새벽녘에 거룩하신 하나님이 이스라엘 단 사람들의 젊은 족장인 에브라임에게 임하였다.

에브라임아!

제가 여기에 있사옵니다.

-- 에브라임은 너무 걱정 말아라, 전후좌우를 잘 살피고 여러 가지를 깊이 생각하여 지혜롭게 대처하여라. 이런 것은 네가 기도를 하는 가운데 내가 너에게 주려고 한다. 너희 족속은 조금 풀어주면 배가 산으로 올라가려고 하고, 하나밖에 생각을 못하니 답답하였다. 이스라엘 사람 중 그중 똑똑하여 내가 너희를 너희족속 중에서 불러내었으니(바이크라) 너희는 소임을 다 하거라. 내가 항상 너희와 함께할 것이다. 너희는 내가 세상 끝, 마지막에 가서 크게 쓸 것이니라.

에브라임은 일어났다. 주님은 항상 우리와 함께하고 계시었구나. 미물 같은 나 같은 자에게도 나타나시다니 에브라임은 다시 한 번 자신을 하나님의 도구로 써 주심을 감사하며 기도 드렸다.

전위대를 다시 편성하였는데 전 같이 삼백 명은 될 수 없었고 오십 명으로 대오를 꾸려서 앞뒤 좌우로 단단히 살펴가면서 해가 뜨는 곳으로 앞으로 앞으로 나아갔다. 그때는 따뜻한 계절이었으므로 물이 불어난 곳을 피하며 계속 나아갔다. 그 곳의 지형은 크나큰 구릉과 계곡의 연속이었다.

처음 출발할 때와 달라진 것은 전 부족들이 젊은 전위대원들은 말을 타고 나머지 부족 사람들은 낙타나 당나귀를 탄 것이었다. 걸어가는 사람은 없었고 이스라엘 사람들은 여자나 웬

만한 어린애도 낙타는 탈 수 있었다. 낙타도 소그드인들에게 빼앗은 낙타는 혹이 두 개가 있었는데 이스라엘에서 처음 출발할 때 데리고 온 혹이 하나인 낙타에 비하여 키는 작았으나 더 튼튼하여 이스라엘에서 데리고 온 낙타들이 쓰러질 때에도 잘 버티어 주었고 나중까지 끝까지 살아남은 낙타는 전부 이 혹이 두 개인 낙타였다.

아무튼 전에는 걸어가는 사람들이 많았는데 소그드인들에게 빼앗은 말과 낙타들이 있었고 부족 사람들은 많이 줄어들어 모든 부족 사람들에게 탈 것이 충분하게 남아돌았다. 나이가 많이 들어 낙타 위에 있기 불편한 힘든 노인네들과 배부른 여인네들은 끌개에 태워 낙타로 끌게 하였다. 마차는 산길을 가곤 하는 데는 너무 거치적거렸으므로 버리기로 하였다.

이스라엘 사람들은 완전히 초원의 민족이 다 되었다. 인원도 단출하였으므로 이동 속도는 빨라서 매일 상당한 거리를 나아갔다.

# chapter *20*
# 박트리 왕국

**단 부족이** 계속 전진하던 어느 날 척후에게서 앞에 많은 사람들이 전투태세로 길을 막고 있다는 보고가 들어왔다. 족장은 행렬을 멈추고 앞으로 나가보니 어떤 사람들이 갑옷을 갖추어 입고 전차까지 몇십 대 끌고 와서 이스라엘 사람들과 싸우려고 하였다. 척후를 보내어 말을 시켜보니 이들은 전 족장 아하스가 얘기하던 박트리 족속임을 알았다. 이들도 아람어를 더듬거리며 조금 할 수 있는 정도여서 손짓 발짓을 섞어서 소통을 시작하였다.

**박트리족 :** 당신들은 누구인가?
**이스라엘인 :** 우리는 이스라엘 사람들로서 하나님의 지시로 동쪽으로 가고 있다. 피해는 끼치지 않을 테니 길을 열어주었으면 한다. 또 통과 대가도 확실히 주겠다.
**박트리족 :** 당신들이 바로 그 소그드인들을 박살내었다는 이스라엘 사람들이란 말인가? 무엇으로 대가를 주겠다는 것인가?

**이스라엘인 :** 금이 조금 있다.

**박트리족 :** 조금 기다려라, 우리 왕께 물어봐야 한다.

    에브라임 족장은 난감하였다. 이스라엘 사람들보다 훨씬 많은 숫자의 박트리 사람들과 어떻게 싸워야 할지 생각이 안 났다. 이들은 소그드 사건을 풍문을 통하여 알고 있어 이스라엘 사람들이 자신의 지역에 들어 온 것에 불안감을 느끼고 대화도 제대로 안 해보고 다짜고짜 싸우려고 한다는 예감이 들었다. 일단 부족은 적의 전차가 오기 어려운 높은 곳으로 후퇴하여 천막도 안 친 채 밤을 새웠다.

    밤에 에브라임은 하나님께 도대체 어찌하여야 하는지 지혜를 주십사 하고 기도를 계속하였다. 새벽에 바위를 돌베개 하고 잠깐 잠든 단 부족의 족장 에브라임에게 거룩하신 하나님이 다시 나타나시었다.

    에브라임아!

    제가 여기 있습니다.

    걱정 말아라, 너희는 싸우려고는 조금도 말고 적이 쳐들어오면 소리만 크게 지르고 차츰 조금씩 뒤로 물러나기만 하여라.

그리고 에브라임은 깨어났다. 하나님께 눈물로 감사의 기도를 올리고 다시 부족은 앞으로 나아가는데 박트리족들이 전차를 앞세워 달려왔다. 에브라임은 전의 아하스 족장이 한 것이 생각나서 나무 꼬챙이들을 땅에 꽂고 천천히 물러나면서 이스라엘 사람들에게 있는 힘을 다하여 소리를 지르게 하였다.

박트리족들의 전차는 땅에 꽂힌 꼬챙이들 때문에 빨리 달려오지 못하고 천천히 달려왔다. 계속 뒤로 물러나니 날이 어두워지자 박트리족들은 물러갔다.

다음 날도 쳐들어 왔으나 어제 같이 하였고 셋째 날에는 박트리 사람들은 미리 사람들을 보내어 꼬챙이를 빼내어서 전차의 길을 확보하려 하였으나 이스라엘 사람들이 화살을 날리자 움칫 하며 모두 도망갔다. 이스라엘 사람들이 날린 화살이 그렇게 많이 나갈 줄은 몰랐던 것이다.

넷째 날에는 어떻게 할까 장로들과 상의 중인데 박트리 사람들이 사절을 보내어 왔다.

**박트리 사람들의 사절은 연신 기침을 하며 이렇게 말하였다**
-- 너희들을 막지 않을 테니 어서 빨리 가기를 바란다. 너희들의 하나님은 무서운 분인가 보다. 갑자기 그제부터 심한 병이 우리 사이에 돌아 우리 사람들이 머리가 너무 아프고 콧물 눈

물이 너무 나와서 눈이 퉁퉁 부어 눈을 뜨기조차 어렵고 목이
부풀어 말도 하기 어렵다. 너희는 단지 소리만 질러대었을 뿐
인데 우리는 정말 너무 힘들다. 너희 하나님께 어떻게 얘기해
주어 낫게 좀 해 주었으면 한다.

그런 후, 박트리 사람들은 이스라엘 사람들에게 길을 잘 터
주었고 오히려 선물로 곡물까지 주어서 이스라엘 사람들은 마
침 곡물이 거의 떨어졌는데 큰 도움이 되었다. 그리하여 아무
불편 없이 박트리 지역을 벗어나 계속 나아갈 수 있었다.

제부터 빅드리 쪽을 지나간다면 바트리 사람들의 성격이 완
고하여 힘들 것이라는 예측이 있었지만 하나님의 도우심으로
쉽게 해결되었다. 에브라임은 길 안내를 위하여 따라 온 박트
리 사람들에게 이 병으로 즉시 죽지는 않으니 찬물에 목욕하
고 다시 몸을 따뜻하게 하면 나을 것이라는 치료법을 전하여
주었다.

박트리 지역을 벗어나자 이스라엘의 전 부족은 제사장의 선
창에 따라 예루살렘 쪽으로 꿇어 앉아 한없는 능력으로 위기
를 복으로 바꾸어 주신 거룩하신 하나님께 감사의 기도를 드
렸다.

# chapter 21

# 주신족의 나라

**이스라엘 사람들은** 계속 나아갔고 한 계절을 더 계속 나아 가자 이제부터는 단이나 소라 성과는 완전히 다른 기후와 지형을 보여주었다. 이스라엘에서나 소라 성에서는 볼 수 없었던 아름드리 큰 나무들이 자라고 있고 약간 날들이 더 지나가자 단풍이 아름답게 들기 시작하였다. 이런 풍경은 지금까지 이스라엘 사람들이 일찍이 못 보아왔던 것으로 신기하게 생각되었다.

가끔 돌창을 들고 있는 원시적인 족속이 숲에서 보였는데 숫자는 그리 많지 않고 적대적인 모습은 보이지 않고 있었다. 이스라엘 사람들을 이들이 계속 주시하고 있음을 느꼈으나 무시하고 수시로 쉬어가면서 계속 동쪽으로 나아갔다. 그들은 이스라엘 사람들이 데리고 온 큰 말과 낙타에 겁이 난 것 같았고 가끔 이스라엘 사람들이 경계의 표시로 쏘아대는 화살의 거리에 겁을 먹고서 감히 가까이 오지 않았다. 소그드 활을 개량한 이스라엘 활이 워낙 멀리 날아갔음이라.

이스라엘인들은 좋은 물가가 있으면 며칠씩 쉬면서 아주 천천히 나아갔다. 여기는 물은 풍부하였으나 곡물 구하기가 어려워 가을에 완전히 접어들었을 때는 식량 사정으로 데리고 갔던 양을 많이 잡아먹어서 더 이상 줄어들까 걱정이 몹시 되기 시작하였다. 소는 전염병에 걸렸는지 자꾸 쓰러졌다.

원래 이스라엘의 계율에는 병으로 죽은 가축은 절대 잡아먹으면 안 되는데 할 수 없이 나중에는 그것도 없어서 못 먹었다. 나중에는 이스라엘 사람들에게는 소가 한 마리도 없게 되었다.

소그드 여인들에게 가식들이 태어났고 여자에게 갔던 사람들 중에 아내가 없는 사람은 태어난 아이가 누구와 좀 닮았으면 그 사람을 아이의 아버지로 인정하고 함께 가정을 꾸리라는 족장의 지시가 있어 그냥 데리고 살면 단지 첩이 되는 고로 아이의 상속권을 위하여 어떤 사람은 여자를 제사장에게서 데리고 가서 정식으로 아내로 인정받았다. 그래도 여전히 아내가 없는 사람이 많이 있었는데 나중에 이상한 방법으로 해결되었다.

어느 날 보니 그곳 사람들의 움직임이 평소와 달라 살펴보니 그곳의 족속들이, 사람들도 별로 보이지도 않는 그곳에서 어떻게 끌어 모아왔는지 만여 명이 훨씬 넘는 사람들이 단족이 나아가고 있는 방향을 가로막고 돌창을 흔들며 함성을 지르고 있었다.

이때 족장은 천천히 물러나라고 하였다. 이스라엘이 뒤로 물러나자 이들은 소리치며 달려왔다. 적들이 일정거리에 들어왔을 때 이스라엘 사람들은 남녀 구분 없이 일제히 화살을 날려 적들의 머리 위로 무수히 떨어지게 하였다. 벌써 많이 죽었는데 계속 이들이 달려들자 이스라엘인들은 거푸 화살을 날려서 뒤에서 전쟁을 지휘를 하던 추장들까지 모조리 쓰러뜨렸다. 이들 족속은 이스라엘의 화살이 많이 나간다는 것을 염두에 두고 공격을 하였는데도 이스라엘의 활이 이처럼 멀리 나갈 수 있다는 것을 미처 생각지도 못하였던 것 같다.

다음 날은 이들은 자기들의 숫자를 믿고 약간 작전을 바꾸어 방패로 거북이 방진을 만들어 쳐들어 왔으나 이스라엘 사람들이 화살을 높이 쏘자 이 화살들은 이들의 가죽 방패를 모두 뚫고 이들의 몸에 박히었다. 이들의 시체는 계속 쌓여갔다. 이들은 자신들의 돌 달린 화살과 달리 이스라엘의 강철 화살촉이 그렇게 강한지 염두에 못 두었던 것이다.

이들이 주춤하자 족장은 불화살을 날리라고 하였다. 이스라엘 사람들의 전 족장 아하스는 생각을 거듭하여 몇 명이서 붙잡고 쏘는 특별히 큰 활을 몇 개 만들게 하였는데 이 활은 화살을 수백 걸음이나 날아가게 하였다. 이번에 이스라엘 사람들은 여기에 불화살을 메겨서 날렸던 것이다. 불은 이들의 뒤에서부터 붙었는데 바람이 불자 이들은 이스라엘 사람들이 쏘는 화살과 뒤에서 타오는 불에 갇혀 무수히 죽어갔다. 전쟁 시 화공은 이제 이스라엘 사람들의 특기가 되었다.

다음 날은 적들이 깃발을 흔들며 찾아와 손짓 발짓을 섞어가며 자기들이 생각하니 당신들은 신이 돕고 있는 것 같다. 당신들이 온 후 이상하게 이곳에 역질이 퍼져 당신들이 액운을 가져오는 것으로 판단되어 몰아내려고 이곳의 모든 마을이 다 모였던 것이다. 그런데 지금까지 여러 가지를 살펴보니 오히려 신이 당신들 편인 것 같으니 자기들도 더 이상은 당신들과 싸우려고 하지 않겠으니 당신들도 자기들을 해치지 말아 달라는 뜻이었다.

에브라임 족장은 우리는 단지 하나님의 뜻에 따라 해 뜨는 동쪽으로 나아가고 있는데 잠시 쉴 곳과 곡물이 필요하다 우리를 도와주면 하나님이 기뻐하실 것이라고 하자 그쪽 사람들은 여기서 이틀만 더 가면 넓고 물이 있는 곳이 있으니 거기에서 이틀 걸음의 땅은 전부 다 당신들에게 양보할 테니 얼마든지 있으시라 그러나 그 이상의 거리는 나다니지 마라. 우리는 당신들이 무섭다.

이리하여 그때부터 이스라엘 사람들은 그곳에서 그들 사람들에게 약간의 곡물을 얻은 후 마을을 꾸리어 머물게 되었다. 그 지역에 넓게 퍼져 살고 있는 그 종족의 이름을 알고 보니 주신이라는 부족이었다.

그런데 그 지역 사람들에게 이스라엘 사람들이 들어 올 무렵 이스라엘 사람들은 걸리지 않는 심한 역병이 지나갔고 전번 전쟁에서 수많은 남자들이 불에 타죽은 것을 알고 에브라임 족장은 그쪽 추장에게 너희들의 여자가 많이 남는 것 같으니 우리에게 여자를 넘기라, 우리들은 여자가 부족하니 아내로 삼고 서로 친하게 지내며 좋은 것이 아니냐? 그리하면 또 고마 움의 표시로 황금을 많이 주겠다고 하자 주신 사람들은 약속 한 날에 많은 여자들을 데리고 왔으니 이스라엘 사람들은 전 에 부수어버린 황금 송아지 조각을 일부 나눠주었다. 이들 족 속은 황금으로 치장하는 것을 좋아하였더라.

여자가 없는 사람들은 주신족의 여자를 데리고 살게 되었는 데 눈이 째지고 코가 조그마했지만 여자들이 머리가 아주 영 리하고 부지런하여 이스라엘 사람의 풍속에도 잘 맞추어 지혜 롭게 살며 남편과 잘 맞추어 나갔으니 나중에는 이스라엘 여 자보다 차라리 낫다는 말까지 돌아다녔다.

특히 주신 사람들은 자연 상태의 신들도 있다고 생각하였으 나 맹신하지 않았고 세상은 어떤 형태를 갖지 않은 하늘에 계 신 위대하신 큰 신인 탱그리가 세상을 다스린다는 생각을 갖 고 있어 우상을 모시지도 않아 이스라엘 사람이 모시는 하나님과도 일맥상통하는 면이 있어 이스라엘 사람들의 여자가 된 주신족 여인네들도 하나님을 받아들이는 데 어려움이 별로 없었다.

그곳 계곡은 무척 드넓었으므로 이스라엘 사람들은 양을 치고 수수와 조 농사를 지으며 사십 년을 훨씬 넘게 살면서 나중에는 그곳 주신 사람들과도 아주 친하게 지내게 되었다.

거기 머무르는 동안 많은 아이들이 태어났고 에브라임 족장도 이스라엘 사람 본처 외에 주신족 장로의 딸을 자신의 여자를 취하여 자식을 여럿 보았다. 또 부족의 장로들 또한 그리한 사람이 많았더라. 여기서 태어난 많은 이스라엘 사람들은 나중에는 어미의 집안인 외가와 교류하며 더할 수 없이 친하게 지내었다.

이 주신족들은 친척간의 교류를 중요한 것으로 여겼으며 자주 오고갔다. 그런데 이스라엘 사람들이 이들 여자를 취하여 사니 나중에 계율상의 문제가 생겼다.

이스라엘 사람들은 데리고 온 가축들이 조금씩 여러 이유로 줄어들었으므로 족장이 더 이상 양을 잡는 것을 금하자 부족은 부족한 고기를 얻기 위하여 주신 사람들에게 덫을 놓는 것을 배워 마을 주위에 덫을 크게 설치하고 많은 사슴이나 순록을 사냥하였는데 이때에 여기에 멧돼지도 같이 많이 걸려들어 돼지를 불결하게 여긴 이스라엘 사람은 돼지를 건드리지도 않고 놓아주었다.

그런데 주신족 여자들은 고기 중에는 제일 맛있는 것이 바로 돼지라며 왜 돼지를 그냥 놓아 주냐고 항의하며 잡자고 계속 주장하였다. 나중에 이것의 판단 문제가 중요한 과제가 되기도 하였다.

주신 사람들은 별미로 초원 여기저기에 땅굴을 파고 사는 큰 쥐같이 생긴 동물을 활쏘기 연습을 겸하여 잡아서 꼬챙이에 꿰어 불에 구워 먹었다. 이스라엘 사람이 한 번 얻어먹었는데 생각보다 맛있었다. 그런데 생각하여 보니 하나님께서 쥐는 금하는 동물이 아닌가? 이것이 나중에야 생각난 이스라엘인은 토하고 난리가 났다. 어떤 이스라엘 사람은 그 큰 쥐가 쥐는 아니므로 먹어도 된다고 얘기하여 나중에는 그 판단 문제가 제사장한테까지 올라갔다.

이 큰 쥐를 먹은 주신 사람들이 갑자기 피를 토하고 죽는 일이 갑자기 많이 생기어서 아무튼 하나님께서 먹는 것을 금하는 것은 다 이유가 있다고 생각되어 족장은 이스라엘 사람들이 이 쥐를 잡는 것을 엄격히 금지하였으며 이 큰 쥐가 많은 곳은 빨리 피하여 가라하였고 가축들도 그곳에서 풀을 먹이는 것을 피하였다.

나중에 보니 초원에 있는 짐승들에게는 몇 년에 한 번씩 이상한 역질이 가끔 휩쓸고 간다는 것을 알았고 이를 하나님이 하시는 것으로 해석한 이스라엘 사람들은 초원에서도 계율로 정한 음식들을 지켜 먹느라고 애를 썼다.

이스라엘 사람들이 머물던 곳은 겨울에는 추위가 극심하였는데 겨울에도 주신 사람들이 잘 지내는 것을 알아보니 온돌이라는 난방 방법을 사용한다는 것을 알고 주신 사람들에게 만드는 방법을 배우니 이곳은 나무도 풍부하여 이스라엘 사람들도 훨씬 힘들지 않게 겨울을 넘기게 되었다. 주신 사람들은 영리하여 생활방식에서 오히려 이스라엘 사람들이 배울 점이 많았다.

이스라엘인들은 하나님께서 그치라는 말씀이 없었으므로 하나님과의 약속을 이루기 위하여 더 동쪽으로 갈 생각을 하긴 하였으나 그동안 여러 일이 많이 생겼고 마을을 이루고 있는 동안 그곳에 사는 주신족들과 친척이 되었으므로 움직일 엄두가 나지 않은데다가 나중에는 아예 주신족의 일파로 대접받아, 주신족속들의 집회에서 에브라임이 주신족의 대추장으로 추대되는 일이 생기게 되기까지 하였다.

주신 사람들은 한 지역 마을 다스리는 추장을 칸이라고 하였고 그 전부를 통합하여 칸들을 통괄하여 다스리는 대추장을 왕이라고 하였는데 보통 왕 되는 칸이라 하여 왕칸이라고 불렀다.

이제 에브라임 족장은 주신 말로 왕칸으로 불리게 되었고 나중에 이스라엘 사람들조차 왕칸으로 부르게 되었더라.

그런데 이 왕칸이라는 것은 어떤 절대적인 권력을 갖는 것은 아니고 협의체의 회장 비슷하게 마을 간의 조정 및 전쟁 시의 지휘자 기능을 하는 것으로 세습되지도 않았으며 언제나 왕칸이 있어야 하는 것도 아닌 명예직 비슷하였다. 보통 때는 이름뿐인 자리였으나 전쟁 시에는 모든 칸들은 왕칸에게 절대 복종하여야 했고 왕칸이 나온 마을은 이를 자랑스러워하였다.

# chapter 22

# 티륙인들

**주신 사람들이** 에브라임을 왕칸으로까지 올려준 이유는 갑자기 출현한 다른 한 사나운 한 족속 때문이었다. 스스로를 진짜 강하다, 라는 뜻의 티륙이라고 부르는 사람들이었는데 생긴 것은 주신 사람과 소그드 사람 중간 생김새로서 먼 외곽에 사는 주신족들부터 습격하며 세력 범위를 확대하고 있는 중이었고, 이들은 주신족이 가진 금붙이와 곡물을 요구하며 안 주면 약탈하려 들었다.

주신족들도 금붙이를 좋아하였으나 이 티륙들 같이 미친 듯이 좋아하지는 않았으므로 싸움에서 밀린 이 온화한 주신족들은 거친 티륙들의 요구를 적당히 들어주고 있는데 티륙들은 점점 이것저것을 요구하며 지배자 같은 행태를 취하고 있다.

그리하여 순하고 전쟁 같은 것에는 자신이 별로 없는 주신족들은 이스라엘 사람들이 싸움을 잘한다고 생각하여 자신들을 위해 싸워주었으면 하는 바램에서 이제는 자신들과 허물이 별로 없어진 이스라엘 사람들의 족장인 에브라임을 자신들의 대추장으로 옹립한 것이었다.

또 초원에는 전부터 황금송아지 건으로 인하여 이스라엘 사람들이 금이 많다는 소문이 나서 아무래도 언젠가는 이스라엘 사람들과 이 티륙인들이 자웅을 겨룰 것 같은 분위기로 돌아가고 있었다. 이 티륙인들도 소그드인들과 같이 말을 잘 타고 활을 잘 쏜다고 하였다.

에브라임은 만약에 대비하여 이 주신족들도 말을 다루게 하셔야겠다고 생각하고 초원에 흔한 야생말들의 새끼들을 잡아 망아지 때부터 훈련시키니 이 주신 사람들은 영리하여 금방 말 타기를 배웠다. 사실 초원에는 그 말들이 흔하여 이스라엘 사람들이 처음 봤을 때는 털만 복슬복슬하고 너무 작고 초라하게 보여서 아무짝에도 쓸모가 없다고 생각하였다.

왜냐하면 주신 사람들은 그 말을 식량으로 잡아서 먹기는 하였으나 말을 잡아먹는 것은 금하는 이스라엘의 계율로 인해 이스라엘 사람들의 눈에는 이 조그만 말은 정말 아무짝에도 필요 없는 짐승이었다. 그런데 예상외로 튼튼하고 인내심이 강할 뿐 아니라 잘 길들여져서 곧 주신족들도 이 말을 익숙하게 타기 시작하였다.

에브라임은 주신 사람들의 활도 개선해 주어 겨우 백여 걸음 나가던 것을 이백 걸음 이상 나가게 하였다. 이스라엘 사람들의 대장장이가 그곳에서 우연히 철을 발견한 후 주신 사람들의 화살촉을 돌에서 철로 바꾸어 준 후 주신족들의 활 실력은 비약적으로 늘어났다.

아무튼 이스라엘 사람들 덕분에 주신 사람들은 석기시대에서 갑자기 철기시대로 들어서게 되었다. 그러나 철은 만들기 어렵기도 하여 화살촉 정도로나 만들어 썼고 나중에 주신 사람들이 철을 본격적으로 쓴 것은 세월이 많이 흐른 후였다.

왕칸 에브라임은 이스라엘 사람들과 주신 사람들을 아우르면서 전쟁 준비에 들어갔다.

티륙인들은 점점 대규모로 몰려오고 있었는데 이스라엘 사람들이 전쟁을 안 하고 되도록 피한 이유는 전에 소그드인들과의 전쟁에서 심대하게 타격을 입은 후 대규모 전쟁을 하기에는 숫자가 너무 적었기 때문이었다.

그리하여 이스라엘 사람들은 주신족 여자들을 통하여 자손을 많이 보려고 노력하였고 주신족 여자들이 튼튼하여 나름 크게 성과를 봐서 이곳에서 티륙인들과 본격적인 충돌에 들어갔을 때는 다시 단을 출발할 때의 규모를 넘어서고 있었다.

주신 사람들에게는 성이란 것을 애초 만들지 않았는데 에브라임이 주신족의 왕칸이 되고 나서 주신 사람들을 동원하여 성을 크게 쌓게 하였는데 성의 이름은 이스라엘 사람들이 이름 지어 부르기에 앞서 주신 사람들이 아사달이라고 하여 그 이름이 그로 굳어지게 되었다. 왕칸이 계신 곳이란 뜻이었다.

왕칸이 되고 나서는 주신의 33개 마을에서는 수시로 올라와서 대추장께 보고를 드렸고 대추장의 지시도 내려갔으며 나중에 왕칸은 주신 사람들도 참모로 많이 받아들여 이들도 여기 아사달 성에 많이 들어와서 살기 시작하니 주신 사람들로 인하여 성은 제법 크게 북적이기 시작하였다.

어느 날, 이곳 아사달로 티륙인들의 사절들이 찾아들었다. 이들은 왕칸 앞에 서서 무릎도 꿇지 아니하고 초원의 지배자인 자기들은 하늘로부터 초원을 다스리라는 명령을 받고 멀리 서쪽에서부터 왔다. 이제부터는 너희들도 자기들을 받들어야 된다는 도발적인 말을 하였다.

**에브라임 왕칸은 말하였다.**
-- 우리는 거룩하고 영원하신 지배자 하나님 외에는 이 초원의 하늘 아래에서는 누구에게도 고개를 숙이지 않는다. 우리는 다른 족속에게 고개 숙이지도 않고 또 다른 족속이 우리에게 고개 숙이는 것을 바라지도 않는다.

티륙인들의 대장은 당당히 선 채로 '우리들을 받들지 않는다면 오직 죽임밖에는 있을 수 있는 것이 아무 것도 없다', 라고 소리쳤다.

**그러자 왕칸에게는 영리한 주신 사람 참모 하나가 있었는데 왕칸께 아뢰었다.**

-- 이들은 우리를 일단 살피러 온 것입니다. 이들을 그냥 살려 보내게 되면 우리의 사정이 그들에게 알려질 뿐더러 우리가 겁을 먹어서 자기들을 살려 보냈다고 생각할 것입니다. 어차피 전쟁을 할 바에야 무례한 이들을 그냥 보내면 절대 안 됩니다. 왕칸님! 이들을 전부 잡아 죽여야 됩니다.

왕칸은 이들을 모두 잡아 놓고 이스라엘 사람, 주신 사람들이 구경할 수 있게  아사달 성 앞 넓은 곳에 잔뜩 모이게 한 후 오십 인의 티륙인들의 목을 치고  우두머리는 말 네 마리가 끌게 하여 찢어 죽였다. 왕칸이 이렇게 한 이유는 요즘 주신 사람들 사이에서 왕칸이 겁이 나서 전쟁을 피하려 한다는 둥의 말들이 돌아서 떨어진 왕칸의 권위를 확립하기 위해서이기도 하였고 티륙인들에게도 더 이상 주신족들의 왕칸이 만만하지는 않다는 것을 단단히 보일 필요가 있었다.

이 소문은 초원을 멀리까지 퍼져나가서 다시 티륙인의 귀에 들어갔다. 그들은 그들의 돌아오지 않는 사신들이 주신 사람들의 왕칸에게 겁을 주러 갔다가 다 목이 잘리고 사절의 우두 머리는 발기발기 찢겨 죽었다는 것을 알게 되었다. 그들도 겁이 덜컥 났으나 초원에 흩어져 살고 있는 모든 티륙인들에게 파발을 돌려 모이게 한 후 땅을 덮을 기세로 쳐들어왔다.

왕칸도 이스라엘 사람과 주신 사람들을 모두 모이게 하여 큰 벌판에서 티륙들에 맞섰다. 이 싸움은 이 초원이 생긴 이래 이렇게 사람들이 많이 모여서 싸운 것은 처음 있는 일로써 싸움이 끝나고 몇 백 년이 흘러도 싸움이 끝난 그 자리에서는 이곳에서 큰 전쟁이 있었다고 전하여졌다고 한다.

티륙 사람들은 사람뿐 아니라 말에까지 갑주를 입혀서 주신 사람들의 화살쯤은 우습게 알고 말을 타고 짓밟아 버리려고 막 달려들다가 그들의 짐작보다 훨씬 멀리 날아간 주신 사람들의 정확한 화살들은 티륙인들의 갑옷을 뚫고 몸과 투구에 무수히 꽂혔다. 첫 번째 싸움에서는 아사달이 크게 승리하였고 티륙인들은 많은 시체를 두고 물러났다.

주신 사람들은 자신감이 크게 올라 이제는 티륙 사람들에게 금이나 재물과 곡물을 갖다 바치는 일을 하지 아니하였다.

그러자 그동안 주신 사람들을 뜯어 먹으며 살던 티륙인들은 먹고살기가 힘들어 지자 몇 해 뒤에 주신 사람들에게 다시 싸움을 걸어 왔는데 이번에는 말에서 내려 밀집대형을 만들고 강철을 덴 방패로 화살로 막으며 차츰 계속 다가와서 백병전을 전개하였는데 이 티륙 사람들은 창뿐 아니라 칼도 강철로 만들어 가지고 왔다.

주신 사람들은 화살촉이나 강철을 썼을 뿐, 쇠가 귀하여 감히 칼을 만들 엄두는 못 내었고 전투에서 돌창을 사용하는 정도였으므로 근접전에서는 주신 사람들의 나무에다 뾰쪽한 돌을 달은 돌창은 티륙 사람들의 창과 방패에 쩔쩔매다가 티륙인들이 휘두르는 강철 칼에 죽어들 갔다. 나중에 이스라엘 사람 양옆의 싸우던 주신 사람들은 차차 밀려나거나 무너져 달아나고 말았다.

주신 사람이 달아나자 그 자리로 계속 몰려온 많은 티륙인을 상대하느라 이스라엘 사람들도 수도 없이 많이 죽어 나갔다. 이스라엘 사람들은 그 자리를 완강하게 버티었으나 나중에는 타격을 같이 심하게 입은 티륙인들도 물러나자 싸움이 멈추었다. 그러나 왕칸인 에브라임이 싸우는 중에 화살을 가슴에 맞아 크게 다치어 아사달 성으로 모셔졌다.

아사달 성에 모셔진 왕칸 에브라임은 '내가 계속 동쪽으로 가라는 하나님이 주신 사명을 깜박 잊은 것에 대한 징벌인 것 같다. 내가 곧 죽어 하나님 앞으로 갈 것 같으니 우리 종족은 모두 동쪽으로 계속 나아가기 바란다. 또 후계는 내가 정하지 아니하고 하나님께서 정하여 주실 것'이란 말과 함께 숨을 거두었다.

# chapter 23
# 족장 선출

**이스라엘의** 단 부족사람들은 족장이 죽으면 혼란을 막기 위하여 되도록 최대한 빨리 열두 마을의 장로들이 모여 그 자리에서 투표를 통하거나 추대로 족장을 선출하였는데 추대나 투표로 족장이 선출되는 것은 모두 하나님의 뜻이 작용한 것이라고 하여 제사장이 새로 선출된 사람에게 머리에 기름 부음으로 확정되었다.

단 부족의 족장은 부족 내의 장로들이 모여 투표로 뽑는데 부족은 또 다시 열두 집안으로 나누어지고 열두 집안의 장로들 중 족장이 되기를 원하는 사람은 자기가 직접 나서거나 자기 대신 집안의 다른 사람을 추천하여 내세우기도 하였다.

이스라엘 사람들은 열둘이라는 숫자를 중시하여 야곱의 열두 부족으로 나누어지듯 부족 내에서도 굳이 열두 집안으로 나누어서 활동하였고 어떤 집안이 몰락하여 도저히 한 집안으로서 역할을 못할 시에는 큰 집안을 나누어 두 집안으로 활동하게 하여 다시 열두 집안으로 만들었다.

아무튼 투표권은 한 사람에게 두 장이 주어졌고 자기가 스스로 하고 싶은 사람은 두 표를 모두 자기에게 던졌고 겸손한 사람은 다른 사람들에게 두 표를 각기 나누어 주거나 진정 이 사람이야말로 진정한 지도자라고 생각이 들면 자기의 두 표를 한 사람에게 모두 몰아주기도 하였다.

아무튼 당선에 필요한 숫자는 과반 이상인 열세 장이었는데 1위, 2위가 계속 결선투표를 하여 나중에 과반 이상인 자가 족장으로 선출되었고 계속 12장씩 같은 수로 나오며 제사장이 선택하는 사람이 그 자리에서 머리에 기름 부음을 받고 즉시 선출되었다. 그리고 족장이 된 사람과 마지막 경합하던 사람은 앞으로의 장로회의에는 절대로 다시는 못 나오고 그 집안에서는 그때부터 다른 사람을 장로로 뽑아 내보내야만 하였다.

전 족장은 추천권이 있어서 어떤 사람이 자기 후계자로 뛰어나게 보이면 죽기 바로 전에 미리 추천권을 행사하겠다고 공포하였고 그러면 그 사람이 속한 집안에서는 그 사람을 투표에 내보내야 되었기에 그 집안의 다른 사람들의 출마권은 없어졌다. 추천하고 돌아가신 전 족장의 권위가 대단하면 대개 투표도 행하여지지 않고 전 족장과 가장 가까웠던 장로가 전 족장이 추천한 사람을 추대하는 말을 하고 반대가 없으면 즉시 그 자리에서 제사장의 기름 부음을 받음으로써 족장이 되었다.

에브라임 족장 죽음 후 즉시 이루어진 투표에서 가장 나이가 많은 장로인 나손이 족장으로 뽑혔고 나손은 그때 벌써 팔십에 가까운 노인이었으나 강건하고 싸울 때는 절대 물러서지 않는 용사였다.

나손은 말하였다. 티류과의 전쟁으로 남자들이 반 이상이나 줄어들었으니 이렇게 피해를 입는 것은 소그드와의 싸움 이후 처음이었소, 하나님께서 우리가 여기 머무르는 것을 허락하지 않으시나 봅니다. 마침 계절이 좋으니 가을걷이를 끝내고 다시 출발하기로 하였다.

호숫가 언덕에 에브라임 추장과 전쟁에서 죽은 이들을 애곡하며 묻었다. 그 해에는 수수, 조 농사도 잘 되었으나 수확할 남자들이 부족하여 대충 거둘 수밖에 없었다. 정든 이 땅을 두고 떠난다는 것이 마음에 걸렸으나 티류과의 전쟁으로 사랑하는 가족을 잃은 사람들은 또 다시 전쟁에 더 말려들기 싫어 그곳을 뜨기로 하였다.

부족 사람들은 이렇게 큰 싸움이 있을 때마다 부족이 크게 줄어드는 일이 있으니 부족의 존립에 대해 깊이 생각하게 되었다.

# chapter 24

# 바이칼

**주신 사람들의** 말에 의하면 동쪽으로 계속 나아가면 투명한 크나큰 호수가 있는데 그곳에는 사람들이 별로 살지 않고 무척 조용한 곳으로 싸울 일 없이 조용히 살기는 좋은 곳이라고 하였다.

가을 수장절을 끝낸 후 이스라엘 사람들은 동쪽으로 움직이기 시작하였는데 같아 지내던 주신 사람들은 크게 섭섭하게 생각하며 식량을 많이 가져다주었다. 또 주신족들과는 피로 많이 맺어지기도 하여 외가와 헤어지는 사람들이 슬피 우는 소리가 가득하였다.

또 그곳 주신 사람들도 티륙인이 다시 쳐들어오는 것이 두려워 뒤따라오겠다는 사람들도 많아 이스라엘 사람들은 이 순한 족속이 티륙인들의 먹이가 되는 것을 걱정하여 막지 아니하고 따라 올 사람들은 다 따라오게 하니 실로 많은 주신 사람들이 따라나섰다. 이스라엘 사람들도 아무래도 큰 단위로 움직이는 것이 안전하다고 판단한 점도 있었다.

이동하다가 추위가 일찍 닥치어 이스라엘 사람들은 얼어 죽을 뻔하였으나 주신 사람들이 펄펄 끓는 뜨거운 온천물이 흘러나오는 강을 알고 있어서 그곳에 모두 모여서 가축들까지 추위를 피하여 한겨울을 날 수 있었고 식량을 걱정하였으나 하나님께서는 초원에 수많은 순록 떼와 사슴들을 풀어놓아 그것을 사냥하여 먹으니 이스라엘 사람들은 하나님이 자기들과 함께함을 알더라.

다시 봄부터 이동을 시작할 때 부추같이 생긴 파릇한 채소가 초원에 널려있어 그것으로 캐서 먹음으로 건강을 유지하였는데 이 모두가 주신 사람들을 통하여 알게 되었으니 하나님께서 주신 사람을 통하여 役事(역사)하심 깨달았다.

봄이 되자 겨울에 머무르던 곳을 출발하여 이스라엘 사람들은 여름에 크나큰 푸른 호수에 도착하여 그곳에서 삼 년을 머물렀는데 그곳에는 사나운 사람들이 없었고 주위에는 정말 조용하게 사냥으로만 먹고사는 소수의 부족들만이 있었는데 워낙 소수였기에 이스라엘 사람들에게 대적할 생각은 전혀 아니하였다.

그중 단 사람들은 스스로를 진짜 사람 에뱅키라는 부르는 부족과 가까워졌다. 이들은 처음에는 갑자기 나타난 이스라엘 사람들을 두려워하는 빛이 역력하였으나 손짓 발짓으로 섞어서 하면 주신 말과 에뱅키 말은 조금 통하였으므로 나손 족장은 너희들을 조금도 해치지 않을 테니 절대 안심하라 하였더니 좋아하며 그곳의 사슴 등을 사냥하는 기술을 가르쳐주기도 하였다.

에뱅키 사람들은 주신 사람들과 본래 조상은 같았다고 하는데 제대로 된 집도 없이 산 속 여기저기를 돌아다니며 천막이나 동굴 생활을 하며 사냥으로만 먹고살았다. 그들은 단단한 돌을 찾아서 그 돌을 다시 큰 돌에 계속 갈아 제법 날카로운 창 같이 되면 그걸 나무에 달아서 사냥 도구를 만들어 썼는데 나손 족장이 이들에게 쇠로 된 칼과 창을 조금 주니 고마워하여 그들의 추장은 나손 족장에게 그들이 간직하고 있던 사금을 조금 주었다.

나손이 너희들은 금을 별로 좋아하지도 않는 것 같은데 이게 어찌 났느냐 하자 이곳 시냇가 모래에서 이것이 무척 많이 있다는 걸 조상들 때부터 알고 있어 그냥 한 번 걸러 봤다고 하였다. 과연 이스라엘 사람들이 모래를 걸러내자 사금이 많이 나왔다.

에뱅키 추장은 우리는 이 금에 조금도 관심이 없다. 캐가고 싶으면 얼마든 캐어가라고 하였다. 하지만 대신 제발 소문은 내지 말아달라고 에뱅키 추장은 간곡히 부탁하였다. 소문이 나서 온갖 족속이 몰려올까 걱정이다, 라고 하였다. 이스라엘 사람들은 한동안 그곳 시냇가에서 금을 많이 걸렀다. 나중에 이것이 요긴하게 쓰이기도 하였다.

겨울을 세 번 지내고 다시 남쪽으로 내려가게 된 이유는 우선 힘이 다한 족장 나손이 하나님께로 돌아가면서 유언을 남기기를 이곳에 머물라는 하나님의 말씀이 없으셨고 곡물도 별로 자라지 않아 키우기가 어렵고 이렇게 추운 곳을 하나님께서 우리에게 주시겠느냐? 금이 아무리 많으면 무엇이냐, 금으로 우리는 먹고 살 수는 없는 것이 아니냐! 우리가 이스라엘을 출발할 때 하나님께 기도드리기를 강물이 흘러가며 버들가지가 춤추는 곳으로 인도하여 주십사고 기도하자 거룩하신 하나님이 무지개를 보여주시며 들어주신다고 하셨으니 적어도 이곳이 안전하기는 하여도 이곳은 아닌 것 같다, 라고 하였다.

나손은 내가 하나님 마음에 차지 않는지라 아무리 하나님께 기도하여도 어떻게 답을 얻지는 못하나 적어도 여기는 아닌 것 같으니 내가 곧 하나님 앞으로 곧 가리니 내가 눈을 감으면 너희는 따뜻한 남쪽으로 내려가라' 유언을 남기고 눈을 감았다.

나손은 고향 단을 눈으로 직접 본 적이 있는 몇 안 되는 어른이었는데 나손이 죽자 더 이상 고향에 대해 말해 줄 사람도 없고 하나님을 제사 지내는 것조차 어떻게 할지 모르게 되어 제사가 엉터리로 되어 갔으나 전에 어떠했는지 잘 모르는 사람들은 모두 그런 게 그런 것이 아닌가 생각하였다. 왜냐하면 전쟁에서 많은 어른들이 죽었기 때문이었다.

제사장이라 봐야 원래 제사장 직계 가문은 앞의 전쟁에서 다 죽어 전 제사장의 친척 가운데서 조금 공부를 한 사람을 제사장으로 시켰으나 그 사람도 전번 티륵과의 전쟁에서 족장과 함께 있다가 티륵인들의 화살에 맞아 죽고 그 사람은 자손이 없었으므로 이번에는 레위 사람 중 한 사람을 선발하여 제사장으로 임명하였는데 공부를 게을리 한 사람으로 가져간 (두루말이) 토라도 제대로 읽지 못하는 까막눈이었기에 이스라엘 사람들이 초원에 적응할수록 무식하게 되어가는 것이 큰 문제였다.

푸른 큰 호수가 바라다 보이는 언덕에 단을 쌓고 그 옆에 나손 족장을 묻은 후 이스라엘 사람들은 애곡하며 그곳을 떠나 남쪽으로 향하였다.

곧 열린 장로회의에서 투표를 통하여 족장으로 선출된 사람은 포로로 끌려와 처음에는 여러 이스라엘 사람들의 시중을 들다가 한 장로의 첩이 된 소그드 여인에게서 태어난 무낫세였다.

전 같으면 무낫세가 이렇듯 족장이 되기는 어려운 처지였으나 워낙 많은 사람들이 갑자기 많이 죽고들 하여서 많은 이스라엘의 규례와 관습이 많이 깨어진 탓이었다.

무낫세는 생긴 것은 점잖고 행동거지는 겸손하여 이스라엘 사람들에게 좋게 보여 투표로 선출되었으나 어릴 때 집안 아이들한테 소그드 똥개라는 놀림을 많이 받고 자라서인지 열등감으로 인한 성격상의 결함이 심한 사람이었다. 이 사람은 성격이 이상하다는 이유는 남들이 많이 찬동하는 것은 꼭 엇박자로 반대를 표시하였으므로 부족 사람들과 많이 부딪쳐서 문제가 많이 생겼다.

그래도 이 사람이 족장으로 큰 결단을 내린 것은 이스라엘 사람들이 그곳에 살기에 맞지 않은 규례를 갖고 있는 것이 있었는데 이를 많이 없애버린 것이었다.

단 부족은 처음 단을 출발할 때보다 인종적 구성도 많이 바뀌어서 여러 가지 규례를 지키는 것이 어려워 이 무낫세 때부터 비상 상황에서 모든 것을 지킨다는 것은 어렵다는 결론을 내리고 많은 규례를 깨버렸다. 푸른 큰 호수에서 남쪽으로 내려 올 때 여러 번 다른 종족들과 충돌하기도 하면서 바싹 긴장할 때가 많았기에 이스라엘 사람들은 길바닥에서 안식일이란 것을 지킬 수가 없었는데 무낫세는 이스라엘 사람들은 이동

중에는 안식일을 지킬 필요가 없다고 하였고  또한 할례도 꼭 할 바는 아니라고 하였다.

나중에 이스라엘 사람들은 이를 통하여 자신들에게 안식일이 있었는지 할례를 해야 할 지를 잊게 되었고 또 하나님도 이걸 허용하시는지 그 후 말씀을 하실 기회도 있었지만 아무 말씀도 없으셨다.

이스라엘 사람들은 주신 사람들과 워낙 섞이다 보니까 이스라엘 말도 아니고 주신 말도 아닌 말을 쓰기 시작하였고 이건 주신 사람들도 같은 경우라 자기네 말도 아니고 이스라엘 말도 아닌 중간 형태의 말을 쓰기 시작하였다. 그래서 같은 족속 내에서도 나이 먹은 사람과 젊은 사람들이 말이 잘 통하지 않을 때가 많았다.

푸른 큰 호수에서 남쪽으로 길을 잡아 내려오면서 사슴 등 사냥감이 눈에 안 띌 때에는 할 수 없이 타고 온 말과 낙타까지 조금씩 잡아먹는 지경에까지 이르기도 하였다. 말과 낙타를 잡아먹는 것은 하나님의 규례에 반하는 것으로 이를 어기는 것은 이스라엘 사람들에게는 너무 고통스러운 결정이었다.
이때 같이 따라온 주신 사람들이 덫을 놓아 멧돼지를 쉽게 잡아서 큰 나무에 돼지를 통째로 끼워놓고 천천히 돌려가며 불에 구워 먹는 것은 배고픈 이스라엘 사람에게는 참을 수 없는 유혹이었다. 이때부터 배고픈 이스라엘 사람들도 멧돼지 고기를 먹기 시작하였다.

초원이 끝나가고 얕은 산들이 보이기 시작한 지점에서 어떤 족속들이 이스라엘 사람들의 가는 길을 막아섰다. 이들은 이스라엘 사람들에 대한 정보를 캐어서 이스라엘 사람들이 금을 많이 갖고 있다는 풍문을 듣고 이곳을 지나가려면 통행료로 금을 바치라는 요구를 하였다. 이스라엘 사람들은 그때 전쟁을 벌일 입장이 아니었기에 금을 조금 주고 길을 빌리려고 하였다.

이스라엘 사람들이 금을 내어주자 이들은 오히려 만만히 보았는지 길도 안 열어주면서 이번에는 이들은 다시 여자들까지 내어 놓으라는 무리한 요구를 하기에 할 수 없이 전쟁에 들어가게 되었다. 이들은 이스라엘 사람들이 잘 싸우는 용사들이 많이 죽어 힘이 무척 약화되었다는 소식과 이 기회에 이스라엘 사람들을 다 쓸어버리고 금을 차지할 욕심에 나름 승부수를 걸어본 것이었다.

# chapter 25
# 전위대장 단

**이들은 그 지역의** 모든 족속을 구름같이 몰고 와서 소리를 일제히 소리 지르고 달려들었으나 이스라엘의 모든 남녀들과 주신족들이 화살을 빗발같이 일시에 쏘자 적들을 많이 넘어졌다. 이때 전위대의 대장인 단이 전위대를 일제히 끌고 앞장서 나아가 적들을 일시에 몇십 명 쓰러뜨리자 적들은 무너지고 모두 뒤로 도망치기 바빴다.

전의 대추장 왕칸 에브라임은 주신족 소실에게서 아들을 셋을 보았는데 그중 막내 단은 인물이 뛰어나게 잘생겼을 뿐 아니라 활과 칼을 잘 써서 이스라엘 사람 중에서도 당할 사람이 없었다. 성격도 좋아 전위대원끼리의 투표에서 대장으로 선출되기도 한 것이었다.

그날 단 부족 사람들은 적들을 무수히 죽이고 잡은 포로들을 이용하여 그들의 손으로 자기들 우두머리들의 생가죽을 벗겨버리도록 하였고 나머지 포로들은 오른쪽 눈을 불에 달군 창으로 지져버리고 왼손을 자른 후 놓아주었다. 이렇게까지 한 이유는 여자들을 내놓으라는 괘씸한 요구를 한 것과 이곳에서 이스라엘 사람들이 무섭다는 소문을 단단히 낼 필요가 있었기 때문이다. 또 이렇게 해놓으면 죽이는 것보다 적들은 이 병신들을 끌고 다니느라 더 어려워지는 것이었다.

이스라엘 사람들의 큰 피해라면 엉터리 제사장이 적들에게 날아 온 활에 맞아 죽은 것이다. 그는 딸만 셋 낳았는데 그중 하나가 나중에 단의 아내가 되기도 하였다. 부족 내에는 레위 사람이 몇 있기는 하였으나 워낙 무식하여 기도나 제사를 이끌 수준도 도저히 못 되는 사람들이었으므로 이제는 정말 제사나 기도를 이끌어 줄 사람이 전혀 없게 되었다.

전번에는 엉터리 제사장이라도 있어 기본적인 것은 했으나 그가 없으니 부족은 정신적인 문제에 직면하였다. 애초에 하나님께서 레위 사람만 제사장이 되게 한 것은 아무나 제사장이 되면 세상이 망령될까 염려함인데 지금 단 부족의 경우가 그러하였다.

그래서 여러 가지 판단할 문제가 생기면 부족들은 이제 무낫세에게 가져가야만 했는데 무낫세 또한 알고 보니 너무 무식하여 판단에 많은 문제를 일으키고 있었다.

하여튼 이러한 승리면 무낫세는 용사들의 수고를 칭찬하여야 하였지만 오히려 적의 추장을 추격하여 잡을 수 있는 절호의 기회였는데 단이 지체하여 놓쳤다고 핀잔을 주었다.

이제 남쪽으로 내려가는 사람들은 순수한 이스라엘 사람들보다 주신 사람들의 피가 섞인 사람들이 더 많아지고 있었으며 그들은 성질이 좀 이상한 족장보다 자신들의 피가 섞인 단을 더 따랐고 문제가 있으면 족장보다 단에게 물으러 오니 단의 영향력은 부족 내에서 더 커져가서 무낫세는 이를 점점 싫어하였다.

아무튼 내려가면서 이스라엘 사람들의 앞에는 포로들의 가죽을 벗겨버린 것이 소문이 나서 당분간은 더 막아서는 족속은 없었다. 오히려 지나가는 길에는 그 소문에 겁을 집어먹은 여러 족속들이 곡물을 바치기까지 하였다.

단 사람들은 그래도 그냥 받지 아니하고 금을 조금씩 나누어주니 나중에는 이스라엘이 가는 길에는 곡물을 주겠다고 길에 곡물을 들고 있는 족속들이 줄줄이 나타나기까지 했다. 이스라엘 사람들은 에뱅키 시냇가에서 얻은 금을 잘 써먹었다. 나중에사 왜 하나님이 그 추운 그곳 에뱅키로 자기들을 데려갔는지 알더라.

단 사람들 사이에는 어떤 사람이 꿈을 꾸었는데 단 부족의 이름과 같은 사람이 나타나서 그가 단 부족을 아름다운 곳으로 이끌고 가 큰 나라를 이루게 한다는 소문이 퍼져나갔다. 이것이 사람들 사이에 얘기가 되어 돌다가 드디어 나중에는 족장의 귀에도 들어갔다. 무낫세는 점점 더 참을 수 없을 정도로 단을 싫어하게 되었다.

단 사람들이 지나는 지역에는 큰 짐승이 살고 있었는데 이스라엘 사람들이 알고 있던 사자와 비슷하였고 가죽에 크게 줄무늬가 있고 무척 사나웠다. 주신 사람들은 이 짐승을 호랑이라고 불렀다. 이 호랑이는 가끔 이스라엘 사람들의 가축을 습격하기도 하여서 낮에는 여러 사람이 동시에 활을 날려서 죽였으나 밤에 나타나거나 용사들이 없을 때는 조용히 다가와서 어린아이나 여자들을 물어가는 것이 큰 문제였다.

이스라엘 사람들이 나무가 우거진 지역을 가는데 이 호랑이가 무낫세를 비롯하여 장로들 앞에 갑자기 나타났다. 너무 급한 바람에 활도 쏠 겨를이 없었다. 이 때 대열을 경호하던 단이 주저 없이 달려들어 창으로 호랑이의 옆구리를 찌르니 호랑이가 쓰러졌다.

그러나 호랑이도 쓰러지며 앞발로 단을 찍으니 단도 크게 다쳐서 목숨이 경각에 있었다. 이때 단을 좋아하던 제사장의 딸이

지극정성으로 보살펴 회복하였으나 무낫세는 왜 미리 호랑이가 나올 것 같으면 미리 살피지 않았는가 하며 핀잔을 주었다.

어느 날 산악 지역을 가는데 그곳 족속이 자기들이 사는 곳의 지형의 험준함만 믿고 이스라엘 사람들에게 싸움을 걸어왔다. 이때 무낫세는 단에게 네가 앞장서 나가보라고 하자 이때 단은 호랑이와 싸운 후가 얼마 안 되어 회복이 덜 된 상태였다. 무낫세가 자기를 죽이려고 간계를 꾸미는 줄 알았으나 단은 자기를 따르는 전위대원들과 주신 사람들을 휘몰고 가서 적에게 활을 연달아 당기니 먼 거리였으나 앞장선 적 셋이 동시에 꼬꾸라졌다.

이에 적이 주춤하는 사이 전위대원들이 단을 따라 활을 연달아 날리자 그때는 이스라엘 사람들은 웬만하면 모두 명궁이었으므로 앞장섰던 적들은 먼 거리였음에도 불구하고 거의 죽었다. 이에 단이 또 앞장서 쳐들어가니 적들은 모두 도망가기 바빴다. 이 승리에도 무낫세의 좋아하는 기색이 전혀 없는 고로 사람들도 무낫세의 속 좁은 마음을 확실히 알고부터는 모두 무낫세를 못마땅하게 생각하였다.

이제 남으로 많이 내려온 이스라엘 사람들 앞을 어떤 강이 가로막았으나 이스라엘 사람들은 강을 건너 일단 따뜻한 남쪽으로 계속 가려고 하였다. 강은 좁았으나 생각보다 깊어 뗏목을 만들어서 건너기로 하였다. 말이나 낙타 등도 실어야 했으므로 크게 만들었다.

먼저 단 등의 젊은이들이 먼저 건너고 나서 가축과 여러 집안들이 건넌 후 마지막으로 무낫세가 반쯤 건너고 있을 때 갑자기 단이 활을 들어 쏘니 화살은 높이 날아 무낫세의 정수리에 꽂혔다. 무낫세는 그 자리에서 강물로 풍덩 들어가 버렸다.

사람들이 모두 얼떨떨 하는데 단이 외쳤다. 여러분은 무낫세가 그간 저에게 어떻게 했는지 알 것입니다. 지금 무낫세를 편들 사람은 지금 말하십시오. 그때 뗏목에 타고 있던 사람들은 모두 무낫세의 측근들이었는데 겁에 질려서 우리는 자네와 원한을 지지 않으려네. 하고 다시 외쳤다.

그러자 그럼 저는 아무도 털끝 하나 건드리지 않을 것을 여러분 앞에 약속합니다. 그러나 저 무낫세의 두 아들은 그곳에서 여러분들이 처리하여 주십시오. 머뭇거리던 사람들은 무낫세의 열댓 살 난 아들 둘을 물속으로 집어 던졌다.

아이 어머니인 소그드 여인 딸(무낫세는 다른 소그드 여인이 낳은 딸과 결혼하였다.)의 애처로운 울음소리가 강 위에 울려 퍼졌다.

전위대들과 주신 사람들이 외쳤다. 왕칸 단 만세! 이리하여 단은 갑자기 족장이 되었다. 이제는 기름 부어줄 제사장이 없었으므로 장로 중 하나인 전 족장 에브라임의 형제, 즉 단의 막내 삼촌이 단의 머리에 기름을 부어주었다.

# chapter *26*
# 백두산

**이스라엘들은** 계속 움직여 부족은 드디어 어느 높은 산 아래에 있게 되었다. 그 지역 사람들이 여름에도 꼭대기에 눈이 쌓여 있는 이 산을 흰머리 산이라고 부른다는 것을 알았다.

더 알아보았더니 갔다 온 사람은 아무도 없지만 예부터 전하여 오는 얘기로는 그 산의 꼭대기에는 큰 바다와 같은 호수가 있으면 언제나 구름이 끼어 있고 신이 가끔 직접 내려오신다고 하여 자기들은 두려워하여 그쪽으로는 절대 가지도 않는다고 하였다.

**그날 새벽에 거룩하신 하나님이 이스라엘 단 부족의 새로 족장이 된 단에게서 나타나시었다.**
-- 단아!
나는 너희 조상 아브라함의 하나님, 이삭의 하나님, 야곱의 하나님, 단의 하나님이니라. 너는 곧 나를 찾아 오거라! 지금 네가 눈에 보이는 큰 산으로 올 때는 네 족속의 우두머리들도 모두 같이 데리고 오고 두루마리(토라)도 함께 가지고 오거라. 그리고 주신 사람의 우두머리들도 같이 모아서 오거라.

단이 아침에 그 사실을 발표하자 이스라엘 사람들은 환호하였다. 여기까지 오는 동안 그 전 족장들에게 하나님이 나타나시어 인도하여 주셨는데 나손이나 무낫세에게는 전혀 안 나타나시다가 단에게 나타나시었다니 하나님이 아직도 자기들과 함께하신다는 안심과 자기들의 왕칸 단을 하나님이 인정하고 있으시다. 라는 자신감에서의 소리였다.

이스라엘 사람들과 주시 사람들은 나귀에 토라(성겨 두루마리)를 얹고 사흘에 걸려 올라갔다. 처음에는 숲이 울창하였으나 점점 나무들이 작아지더니 나중에는 아무것도 안자라는 황량한 바위에 길도 없고 험하였으니 어떻게 더 올라갈까 살펴보는데 어디선가 엄청나게 큰 까마귀가 나타나 일행의 위를 빙빙 돌았다.

사람들이 살펴보니 그 큰 까마귀는 따라오라는 듯 날갯짓을 하며 날랐기에 그 까마귀를 따라가니 산의 꼭대기에까지 올라갈 수가 있었다. 과연 산꼭대기에는 크나큰 바다 같은 호수가 나타나서 그들이 감탄하고 두려워할 새 하늘이 더할 나위 없이 밝아지며 큰 소리가 들렸다.

-- 이스라엘의 자손들아!

나는 너희들의 조상의 하나님이고 너희들의 하나님이다. 이스라엘 사람들은 즉시 땅에 엎드리었다. 소리는 이어졌다. 그동안 많은 고생을 하며 너희의 고향 라이스를 떠나 여기까지 왔으니 기특하기도 하구나.

단의 자손들아!

내가 너희의 수고를 기억하고 앞으로도 너희와 함께할 것이다. 앞으로 여기로부터 사방 3천 리의 땅을 너희의 후손들에게 주겠다. 그리고 내가 너희들의 고향 이스라엘에서 너희 조상들에게 준 계율 중 여기에서 지키기 어려운 것은 꼭 지킬 필요는 없다. 내가 계율을 복잡하게 한 것은 너희 이스라엘 중 답답한 자들이 많아 내가 일일이 알려준 것이나 너희는 이제 충분히 지혜롭게 되었으니 이제부터는 너무 그런 것에 얽매이지 마라! 그런 의미에서 토라는 이제 여기에 놓고 가거라. 그리고 계속 더 가거라. 내가 곧 너희 족속이 길이길이 터 잡을 곳을 알려주겠다. 너희는 내가 세상 마지막 때에 가서 크게 쓸 것이다. 이제부터 너희 갈 길은 저 까마귀가 인도할 것이니 따라가면 될 것이다. 소리가 그쳤다.

이스라엘 사람들은 단을 쌓아 그 밑에 두루마리를 묻고 산을 내려갔다. 까마귀는 따라 내려오면서 이스라엘 사람들이 쉬면 큰 나뭇가지에 앉아 있다가 이스라엘 사람들이 움직이면 같이 움직여 주었다. 그런데 놀라웁게도 그 까마귀는 발이 세 개가 달려 있었다.

일행은 족속이 머무르고 있는 곳에 도착해 백성들에게 거룩하신 하나님이 직접 나타나시어 약속하신 땅이 가까웠다는 것을 알려주셨다고 전하였다.

족장과 장로들이 내려오기를 고대하고 있던 이스라엘 백성들은 이 이야기를 듣자 너무 감격에 겨워 며칠간 움직이지도 못하였다. 특히 나이든 사람들은 하나님께 단 부족을 직접 칭찬을 하셨다는 말을 듣고 이러한 예는 그들의 조상 아브라함이 하나님을 신뢰하여 자기의 하나뿐인 자식 이삭을 하나님께 제물로 바치려고 한 이후로는 사람들로서는 처음 듣는 일이라고 목이 메는 기쁨이라고 하였다.

하나님의 사람 모세도 출애굽을 할 때 하나님으로부터 칭찬받음이 없이 하나님께서 하시는 많은 꾸중을 달고 살았던 것을 조상들의 전하여 오는 이야기를 통하여 백성들은 알고 있었기 때문이었다.

주신 사람들도 이스라엘 사람들을 따라 갔다가 직접 하나님을 접하는 감격스러운 체험을 한 후 모두 탱그리가 바로 하나님임을 깨닫고 종교적인 움직임에는 꼭 같이 참여하여 아침 출발 기도 때는 모두 함께 서서 손바닥을 하늘로 향하게 함으로써 이스라엘 사람들과 주신 사람들은 정신적으로도 이때 완전 통합되었다.

출발을 시작하자 큰 까마귀가 하늘에서 내려와 날갯짓을 하며 길을 인도하기 시작하였다.

## chapter 27
# 도착

**부족이 움직이자** 까마귀가 남쪽으로 방향을 인도하기 시작하였고 곧 조그마한 강을 만나자 그 강을 따라 내려가기 시작하였다. 부족은 쉬다가 내려 가다를 반복하였다. 강은 조금씩 넓어지기 시작하였다, 가끔 초가가 보였고 사람 산 흔적이 있었으나 사람들은 보이지 않았는데 아마 낯선 많은 사람들이 갑자기 나타나니 모두 피해버린 것 같았다.

어느 지점에 도착하자 보리 같은 풀이 심어져 있는 넓은 평지가 있고 그 풀은 보리와 달리 습지 비슷한 곳에서 자라고 있었는데 나락이 보리보다는 훨씬 많이 달려있었다. 부족 사람들은 이건 물 보리가 아닌가 싶다, 라고 하였다. 그런데 밤이 되자 북소리가 요란하며 사람들이 모여드는 소리가 났다. 이스라엘 사람들은 밤새 천막도 치지 않고 뜬눈으로 새우며 경계 태세를 유지하였다.

다음 날 아침이 되니 이들의 정체를 알 수 있었다. 작고 약간

까무잡잡한 피부의 사람들이 대나무 활과 돌창을 흔들면서 나타났다. 일단 저쪽에서 사절을 몇 명 보내는 것 같기에 이쪽에서도 몇 명의 사절을 전위대원들과 함께 말과 낙타를 태워 보냈다.

저들은 말이 없는지 걸어서 왔으며 이스라엘 사람들이 타고 온 낙타의 큰 크기와 좀 괴상한 몰골에 겁을 먹고 있어 보였다. 양 사절들은 서로 오랫동안 손발로 대화를 한 결과 그들은 이곳에 물 보리를 심은 자들로서 그 물 보리는 쌀이라 하는 것인데 그들의 식량이라고 하였다. 그들은 상당히 조심스러워 하며 묻기 시작하였다

**원주민 :** 그런데 갑자기 당신들은 누구인가.

**이스라엘 사람 :** 우리는 이스라엘 사람들로서 하나님이 시켜서 이곳에 살려고 왔다.

**원주민 :** 이곳은 우리 땅이다.

**이스라엘 사람 :** 땅이 넓기만 한데 우리도 좀 들어와 살아야겠다. 이렇게 좋은데 너희들만 살려는 것은 하나님이 인정하지 않으신다.

**원주민 :** 이곳은 우리 하나님이 우리에게 주신 우리 땅이다. 너희 맘대로는 안 될 것이다.

**이스라엘 사람 :** 그럼 우리 실력을 보여주겠다.

사절을 이끄는 장로가 데리고 간 전위대원들에게 활을 쏘라고 하자 화살은 높이 날아 멀리 떨어져 있는 큰 나무 한가운데 일제히 꽂혔다. 까무잡잡한 사람들은 겁이 덜컥 난 모양이었으나 그냥 물러가기는 좀 억울한지 불만 가득한 얼굴로 물러갔다.

## 왕칸은 말하였다.

-- 아무래도 여기서 우리의 힘을 단단히 보여야 할 모양이다. 저들의 대나무를 통으로 적당히 불에 구운 활은 별로 거리가 나가지도 못한다. 보아하니 별로 전쟁도 안 해본 족속 같은데 우리를 쫓아내야만 한다고 생각하는 있는 것 같다. 우리도 단단히 준비하자. 아무래도 한 번은 부딪치어 단단히 혼을 내주어야겠다. 일단은 여기보다 아래에 더 좋은 곳이 있을 듯 하니 계속 더 내려가야겠다. 저들의 공격을 앉아서 기다리기도 그렇고 저들도 겁이 나서 의견 통일하는 데 시간이 좀 걸릴 것이다.

이스라엘 사람들은 뒤를 경계하며 앞으로는 척후를 보내어 살피며 안전이 확인되면 강가에다 천막을 친 후 며칠씩 지내며 계속 조금씩 내려갔다. 원주민들은 멀리서 이스라엘들의 모습을 일일이 살펴보고 있었다. 그들은 특히 이스라엘 사람들이 고생하면 그곳까지 데려온 낙타의 모습과 이스라엘 사람들이 말을 타고 빨리 내닫는 것이 신기하기도 하고 무서운 모양이었다. 아무튼 이스라엘 사람들에게 겁을 잔뜩 먹고 있는 것은 분명해 보였다.

나중에는 강은 점점 더 넓어지고 강변에는 버드나무가 드문드문 휘날리고 있었다. 강이 굽어지며 드넓은 지역이 나타났는데 버드나무들이 우거져 강바람에 살랑이고 있었다. 보는 사람도 마음이 편하여지는 장소였다. 까마귀가 하늘 높이 솟더니 계속 한자리에서 빙빙 돌았다. 장로들은 여기가 바로 하나님이 말씀하시는 그 장소인가 보다, 라고 말하였다. 거기에는 약간 높은 언덕이 있어 왕칸은 단 사람 장로들, 주신 사람 장로들을 대동하고 올라가 아래를 내려다보니 드넓은 평지와 그 사이에 큰 강이 아련히 끝도 없이 흘러가고 있었다.

까마귀는 갑자기 하늘 더 높이 날아오르더니 나중에는 시야에서 완전히 사라졌다. 다시 장로들이 말하였다. 정말 바로 여기가 하나님이 우리에게 주려고 하시는 그 장소가 맞는가 보다. 이렇게 좋은 곳에 도착하니 그간의 고생이 다 잊히어지는 것 같다.

**왕칸 단은 이스라엘 사람들과 주신 사람들의 무릎을 모두 예루살렘 쪽으로 꿇린 후 기도를 시작하였다.**

-- 전능의 하나님, 만군의 하나님, 조상님들과 저희들의 하나님이시여! 여기까지 인도하여 주셔서 감사합니다. 과분하게도 이처럼 좋은 곳을 주시다니 기뻐 몸이 떨립니다. 하나님께서 직접 인도하여 주신 이 땅에서 열심히 살면서 이곳을 잘 가꾸고 이곳에서 하나님을 기억하며 하나님의 백성들을 모래알 같

이 불리겠습니다. 지금까지 저희와 함께하여 주신 것 같이 앞으로도 항상 저희와 함께하여 주시고 혹시 어쩌다 바보 짓거리를 하여도 궁휼히 여기시어 절대로 버리지 마시옵소서, 주여 계속 인도하여 주시옵소서.

기도를 마치자 이스라엘 사람들도 그리하여 주소서, 라고 화답하였다. 기도를 끝내고 이스라엘 사람들이 일어서자 동쪽 하늘에 무지개가 걸렸더라.

그날은 단 부족이 이스라엘을 출발한 지 딱 칠십 년이 흐른 후로 막 가을 첫날이 시작되고 삼일이 지난 후였다. 가을 하늘이 유난히 푸른 날이었다.

**왕칸 단이 백성들에게 말하였다.**
-- 오늘 도착한 바로 이날은 우리의 후손들이 길이길이 기억할 겁니다. 하나님의 말씀은 모두 틀림이 없습니다. 우리 부족은 하나님의 말씀을 따랐고 비록 고난은 많았으나 그것은 하나님께서 우리를 단련하기 위하심이기도 하고 겸손하게 하려 함이십니다. 돌아가신 저희 아버님 에브라임 왕칸께서 하나님이 우리를 좋아하실 때는 우리가 겸손할 때라고 말씀하셨습니다. 우리의 힘만으로는 이 아름다운 곳을 절대로 찾아 올 수 없었을 겁니다. 고비 고비마다 하나님께서 役事(역사)하시었음을 잊으시면 절대로 안 됩니다. 앞으로 우리가 하나님 따르는

것을 게을리 하지만 않는다면 비록 앞으로도 고난이 있겠지만 모두 극복될 것입니다. 그런데 지금 우리가 제일 먼저 할 일은 여기 언덕에 성부터 쌓는 일입니다.

# chapter 28
# 아사달

**이스라엘 사람들은** 그곳에 돌로 적당히 성을 빨리 쌓고 전의 알타이에 있을 때와 같은 이름인 아사달이라고 불렀다. 오래지 않아 이스라엘 사람들은 가져온 식량이 떨어졌으므로 그곳 강에서 그물질을 하여 고기를 잡으니 그물이 찢어질 듯이 고기들이 많이 잡혔다.

장로회의에서는 장로들이 말하였다. 지금까지 우리는 이곳으로 오면서 주위 족속에게 곡물을 금으로 사서 먹으면 되었는데 저기 까무잡잡한 사람들은 금 따위에는 별로 관심이 없는 듯 하였소. 왜냐하면 전번에 마주치니 금장식을 한 자는 별로 없고 조개껍데기만 주렁주렁 달았던데 어떻게 협상을 해서 곡물을 좀 얻어 봅시다. 이젠 물고기만 구워 먹는 것도 지겹구려.

그래서 이스라엘 사람들은 곡물을 얻기 위하여 원주민에게 사절 몇 명을 보내었는데 아무리 기다려도 다시는 돌아오지 않았다, 하여 왕칸은 다시 전위대를 파견하여 이번에는 원주민 여럿을 잡아오게 하였다. 전위대가 조용히 가서 몇 명 잡아와 문초를 하니 원주민들은 사절들을 붙잡아서 눈깔 빼기, 혓바닥 뽑기 등으로 모두 잔인하게 죽여 버린 것을 알았다. 또 그들은 이스라엘 사람들이 오자 급히 산에다 목책으로 성을 쌓고 전쟁에 대비 중이란 것도 알았다.

왕칸은 '요 꼬마 녀석들을 절대로 용서할 수 없다.'고 하며 전위대와 담력 있는 주신 사람들 100여 명을 말과 낙타를 태워 보내 원주민들의 산성 주위를 빙빙 돌게 하자 처음에는 두려워 산성 안에 박혀 있다가 이스라엘 사람의 숫자가 적은 것을 알고 용기를 내어 성을 나와 뒤쫓아 오기 시작하였다.

전위대들이 도망쳐 오자 다음 날에는 원주민들은 어디서 그리 많이 모였는지 아사달 성 앞까지 땅을 덮으며 몰려왔는데 아사달 성은 좀 높은 언덕 한쪽만 땅으로 연결되어 있고 나머지는 돌아가며 물도리동이었으므로 그들이 접근하기가 어려웠을 뿐만 아니라 이스라엘 사람들의 화살이 자기들의 활에 비하여 훨씬 멀리 나가고 자기들의 가죽 방패쯤은 간단히 뚫는 것을 알고서 더 가까이 오지는 않고 며칠 동안 계속 그곳에 머물며 소리만 크게 질러대고 있었다.

왕칸 단이 지시를 내렸다. 밤이 깊어지면 조용히 성을 나가 저들에게 은밀히 가까이 가서 갑자기 북소리를 울리고 함성을 크게 치고 적의 측면을 있는 힘을 다해 공격하라 그러면 적도 놀라 일단 갈대 사이로 피하고 볼 것인데 만약 적이 그리만 된다면 우리가 이긴 전쟁이다.

그리하여 밤이 되자 모든 이스라엘 사람들이 조용히 성을 빠져 나가서 북소리를 신호로 일제히 함성과 함께 공격하자 낮에 포위하고 북을 치고 함성을 지르느라 피곤에 빠져 잠든 적은 깜짝 놀라 과연 갈대밭 사이로 피하였다. 이때 족장은 이스라엘이 전부터 보관하여 온 여러 명 쏘는 큰 활을 쏘라고 하자 불붙은 화살들이 오백 보 이상이나 떨어져 있는 갈대밭 뒤쪽에 떨어져 불이 붙기 시작하여  천지 사방으로 불길이 번져나갔다.

이스라엘 사람들은 갈대밭 앞으로 달려가 불을 피하여 뛰쳐나오는 적을 모조리 잡아 죽이고 겁이 나서 못 나온 적들은 뒤에서부터 타오는 불에 그 자리서 타죽었는데 그 숫자가 엄청 많았고 그 갈대밭에서는 사람 타는 냄새가 며칠간 계속 났다.

이스라엘 사람들은 적이 달아나자 원주민들의 성 앞에까지 쫓아가니 처음에는 화살을 날리고 대적하는 듯 했으나 족장은 화살만 피하고 가만있으라고 하였다.

며칠 계속 이스라엘 사람들이 성 주위에서 계속 조용히 버티어 있자 마침내 적의 왕이 윗도리를 벗고 맨발로 종자들을 이끌고 항복하여 왔다. 서로 말이 통하지 않아 손짓 발짓을 오래하며 소통한 결과 다음과 같은 뜻이었다.

# chapter 29
# 땅돌의 나라

**이들은 자기 족속들을** 스스로 그들 말로 진짜 사람이라는 뜻의 찐이라고 하였고 그 항복하러 온 왕의 이름은 땅돌이란 것을 알았다. 나중에 알고 보니 이 땅돌이라는 의미는 이들 나라가 농경 국가였으므로 땅의 근원이라는 뜻이었다고 한다.

**땅돌 :** 목숨만 살려주시오. 당신들의 노예가 될 터이니 죽이지만 말아주십시오.

**왕칸 단 :** 우리는 사람을 함부로 죽이지 않는다. 그런데 너희는 왜 우리 사절을 죽였느냐?

**땅돌 :** 그냥 겁이 많이 나서 바보짓을 하였고 후회를 많이 하고 있습니다.

**왕칸 단 :** 괘씸하기 짝이 없으나 정말로 죽이지는 않겠다. 너희들도 많이 죽었다. 더 이상 죽고 죽이는 것은 옳지 않다. 더이상 사람들은 털끝 하나 건드리지도 않겠다. 그러니 겁을 내지 말고 나와서 농사를 지으라. 또 우리는 식량이 없으니 곡물을 내어 놓아라. 그리고 저 성을 나와라. 너희와 우리는 더는

싸울 이유가 더 없으니 너희는 저 성이 필요 없다. 곡물은 너희들이 우리 성까지 삼일 내에 갖다 주어야 하고 저 산성은 오일 내에 태워 버려라. 이 약속은 꼭 지켜져야 하고 안 지켜지면 너와 너의 부하들의 생가죽을 모조리 벗겨버리겠다. 그리고 지금 약조의 표시로 너희들의 어린 남자애들 오십 명을 데리고 가겠다.

사신을 죽인 보복을 무척 걱정하였던 땅돌은 관대한 조치에 감읍하며 부하들에게 자기 자신의 아들을 비롯하여 장로들의 아들들을 데리고 나오라고 하였다. 한 식경을 기다려 성에서 부모들의 우는 소리가 진동하며 아이들이 나오자 왕칸은 땅돌에게 약속한 것을 꼭 지킬 것을 다시 확약 받고 땅돌을 성으로 돌려보내었다.

왕칸이 볼모인 아이들과 돌아오니 삼일 후 과연 많은 원주인들은 그들이 키우는 소에 끌개를 달아 곡물을 잔뜩 싣고 온지라 이스라엘 사람들은 오랜만에 곡물을 먹을 수 있었다. 그 쌀이란 곡물로는 빵 같은 것은 만들 수 없고 물에 끓여서 먹어야 된다는 것을 포로로 데리고 온 찐 사람 아이들을 통하여 알게 되었다.

왕칸은 포로로 온 아이들을 각 장로들에게 할당하여 주고 특별히 잘 대해 주라는 지시를 내렸다.

## 왕칸은 장로회의에서 말하였다.

-- 우리가 앞으로는 여기에서 뿌리를 박고 살아야 합니다. 이곳 사람들을 다 죽여 버릴 수도 없고 여기 살려면 이 사람들과 잘 어울리고 이곳에 생활방식을 이해하여야 합니다. 보아하니 이 사람들이 우리 사절을 잔인하게 죽였다고 하나 워낙 겁이 나서 공포 때문에 그런 것 같고 성정은 겁이 무척 많고 착한 것 같습니다. 마침 여기 볼모로 데려온 어린애들을 통하여 이곳을 많이 알아 야겠으니 애들을 학대하거나 하면 안 되고 잘 해주고 친하게 지내기를 바랍니다. 그 애들도 그쪽에서는 유력한 집안의 아이들이니 친해두면 나중에 좋은 일이 많이 생길 겁니다.

5일 후 보니 산 쪽에서 연기가 나서 땅돌이 약속을 지킨 것을 알았다. 십여 일이 지난 후 왕칸은 땅돌을 초청하여 두 부족은 회합을 가졌다. 땅돌은 처음에 겁이 나서 앞에 꿇어앉았으나 왕칸은 의자를 가져오게 하여 옆으로 앉힌 후 손짓 발짓으로 얘기를 시작하였다. 서로 말이 통하지 않아 대화하는데 오래 걸렸으나 찐 사람 중에 아주 똘똘하고 영민한 자가 있어 두 사람 사이를 소통할 수 있게 하여 주었다.

**왕칸** : 당신들은 언제부터 여기에 살기 시작하시었소?
**땅돌** : 우리의 할아버지와 또 그 할아버지 또 그 할아버지 때면 남쪽에서 배를 타고 왔다고 하고 우리 족속도 이 땅의 남쪽

에 닿은 후 차차 위로 올라 왔고 현재 우리 족속 중에는 우리 찐 왕국이 제일 많이 북쪽으로 올라와 있지요.

**왕칸 :** 왜 조상들이 배들 타고 여기까지 오게 되었습니까?

**땅돌 :** 우리의 하나님이 이곳으로 인도하였다고 합니다. 그런데 당신들은 어디서 오셨습니까?

**왕칸 :** 우리는 저 멀리 서쪽에서 비가 하나도 오지 않는 땅을 건너고 넓은 강을 건너고 높고 높은 산들도 넘어 왔습니다.

**땅돌 :** 왜 그리 고생을 하여서 오셔야 했습니까?

**왕칸 :** 하나님이 우리를 이리로 인도하여서 왔지요. 우리가 오려고 해서 온 것은 아닙니다.

**땅돌 :** 그럼 당신들의 하나님은 어떤 분이십니까?

**왕칸 :** 온 세상을 만드시고 다스리시는 분이십니다.

**땅돌 :** 그럼 우리의 하나님도 그런 분인데 그럼 우리의 하나님과 왕칸의 하나님은 같은 분이 아닐까 하는 생각이 드는군요.

**왕칸 :** 우리는 서로 다르게 비친, 같은 하나님을 다르게 믿어 왔는지도 모릅니다.


서로의 믿음을 존중해 가면서 협조하여 삽시다. 우리는 무엇이든지 당신들에게 강압을 하고 싶지는 않습니다. 단지 우리 두 족속이 하나님께서 인도하여서 같이 이곳에서 살게 되었다면 서로 잘 지내야 할 것입니다. 그게 하나님의 뜻일 겁니다.


**땅돌 :** 감사합니다. 서로 평화롭게 지내도록 노력하겠습니다.

**왕칸 :** 지금 농사짓던 곳에서 당신들이 하던 대로 쌀농사를 지으십시오. 우리는 저쪽 언덕 위에 보리와 수수 농사를 짓겠습니다. 서로 필요한 땅과 농사짓는 방식이 다르므로 다툴 일이 별로 없을 겁니다. 만약 사는 방식 때문에 아래 사람들 사이에서 분쟁이 생기면 수시로 만나서 조정하여 봅시다.

**땅돌 :** 감사합니다. 그리고 우리가 보낸 아이들을 부모가 가끔 보러가도 괜찮겠습니까?

**왕칸 :** 언제든 와서 보십시오. 지금 이곳에서 아이들이 잘 대접 받으며 잘 크고 있습니다. 애들이 좀 커서 서로 말이 익숙해지고 우리 족속 애들과도 친해지면 다시 그곳으로 돌려보내 두 족속 사이에서 소통하는 자들이 되도록 하겠습니다. 소통이 중요한 것이지요. 친해지고 이해한다면 싸울 일이 없어질 것입니다.

이리 하여 두 족속은 잘 지냈고 나중 얘기지만 한참 세월이 흐른 후 서로 피가 많이 섞여 이스라엘 사람들과 찐 사람들이 서로 굳이 다르다고 따지지 않게 되자 마침 땅돌의 땅은 땅돌의 외손자인 단의 아들 육육 때에 이르러서는 아사달과 합쳐졌다.

# chapter **30**
# 이 땅에 적응하기

**이스라엘 사람들이** 첫해 지낼 때 크게 놀란 것이 여름에 무지하게 덥고 비가 며칠 동안 쉬지 않고 억수로 내려서 노아의 홍수가 다시 나는 줄 알았지만 나중 보니 이곳의 기후의 특성이 한여름에는 그런 식이었다. 이 기후에서는 멀리 이스라엘에서부터 고생고생하며 데리고 온 낙타나 양을 키우기가 쉽지 않다는 것을 알았다. 습한 기후 덕분에 양과 낙타의 털에서는 벌레가 많이 끼고 있었다.

또 이스라엘 사람들이 힘들게 아사달까지 데리고 온 낙타와 양들이 찐 사람들이 기껏 키워 놓은 밭작물을 닥치는 대로 뜯어 먹고 해서 귀찮게 되었다. 농사를 지으려면 노력이 많이 드는데 낙타와 양을 같이 키우면서 농사를 짓기는 어려워 유목을 포기하는 사람들이 늘어났을 뿐 아니라 아직 가축을 키우는 사람의 양들이 남의 밭에 들어가서 애써 가꾼 곡물을 뒤집어 놓으니 다툼이 많이 생겨 시비를 가려 주는 일이 왕칸의 업무 중 많은 부분을 차지하게 되었다. 결국 나중에는 양과 낙타를 기르는 이가 없어지게 되었다.

이스라엘 사람들은 도착한 다음 해부터 각자 분배 받은 땅에서 농사를 짓기 시작하였는데 아무래도 소가 필요하였다. 이스라엘에서 처음 출발할 때는 소를 데리고 출발하였으나 먼 길을 오는 동안 병으로 소가 거의 죽거나 식량난 때문에 모두 잡아먹어서 나중에는 젊은 사람들은 할아버지 때에는 이스라엘 사람에게도 소가 있었다는 것은 알기는 알았는데 소를 어떻게 키울지도 몰랐기에 소를 잘 키우고 있던 찐 사람들에게서 약간의 금을 주고 소를 얻고 쟁기질하는 것부터 배울 수밖에 없었다.

처음에는 이 찐 사람들이 금장식을 한 사람이 눈에 잘 안 띄어 금을 별로 좋아하지 않는 줄 알았으나 사실 이 찐 사람들도 금을 좋아하였고 금장식은 높은 사람만 할 수 있어 신분이 낮은 사람이 금장식을 하면 처벌을 받는다는 것을 알았다. 덕분에 에뱅키에서 얻어 온 많은 금이 이스라엘 사람들에게서 찐 사람들에게 넘어갔다. 찐 사람들은 좀 더 이스라엘 사람들에게 호의적이 되었다.

금이 많아진 덕분에 땅돌은 찐 사람들의 평민들에도 금장식을 할 수 있게 허용하여야 했다. 금을 좋아하는 것은 세상 어디를 가나 사람의 본능임을 알게 되었다. 단 에뱅키 사람은 예외였더라.

왕칸 단은 시간이 갈수록 그 지역을 무리 없이 다스리는 데는 땅돌의 협조가 절대적으로 필요하다는 것을 깨달았고 앞의 패배로 떨어진 땅돌의 권위를 세워주기 위하여 땅돌의 젊은 딸이 저번 갈대숲 전투에서 남편이 죽어 애도 없이 과부가 되었다는 것을 알고 아내로 달라고 하니 단이 무서웠던 땅돌은 기꺼이 딸을 내주었다. 단의 장인이 됨으로써 오히려 권위가 확실해질 수 있었기 때문이기도 하였다. 단은 또 단 부족의 장로들에게도 찐 부족의 여자들을 데리고 살기를 권하였다.

단은 자기 목숨을 구해준 제사장의 딸을 무척 사랑하였으나 둘 사이에는 자식이 없었고, 주신 사람 첩은 일찍 딸 하나를 낳고 병들어 죽었다. 과부였다가 새로 시집 온 땅돌의 딸은 자그마했으나 그래도 단에게 자식을 줄줄이 낳아 주어서 아들이 넷에 딸이 둘이었다. 아사달 도착 12년에 심하게 돌았던 역병으로 인하여 이스라엘 사람들이 많이 죽었을 때 단의 자식들도 많이들 따라 죽어 아들 둘과 딸 하나만 남았다.

그 역병은 여름에 나타나서 갑자기 토사곽란이 심하게 나다가 피를 토하고 일주일 후에는 죽게 되었는데 왕칸 단의 자식들만 아니라 이스라엘의 장로와 남녀노소를 가리지 않고 걸렸다. 얼마나 심하였는지는 병이 끝난 가을에 들어 아사달 백성의 수를 계수하여 보았더니 백성이 반으로 줄어들어 있었다고 하였다.

이 병은 이스라엘 사람뿐 아니라 주신 사람, 찐 사람들에게 모두 퍼져나가 수 많은 사람들이 죽으니 매일 매일이 누가 죽었다는 말만 올라오고 아사달 성에서는 상여소리가 가득하였으나 나중에는 장사를 치러줄 사람도 없어 시체들이 성 안에 나뒹굴었다고 한다.

이에 왕칸 단은 웃옷을 벗고 하루 종일 금식하며 하나님께 기도드리자 하나님의 사자가 왕칸 단에게 나타나 손을 깨끗이 씻고 음식이나 물을 꼭 끓여 먹으라는 지시를 내려서 왕칸 단도 이를 백성에게 선포하여 이에 백성들이 따르니 선선한 바람이 불자 괴질은 물러갔더라.

이런 일 제외하고는 단 자신은 무척 장수하여 그 지방을 오랫동안 잘 다스렸는데 이는 그가 그의 아버지 에브라임을 닮아 사교성이 출중하였기 때문이다. 특히 땅돌과도 잘 사귀었는데 땅돌도 처음에는 이스라엘을 두려워했으나 단의 장인 나라가 된 다음부터는 함부로 대하는 적들도 없고 하여 좋아하였다. 단과 땅돌은 소금을 안정적으로 구하기 위하여 같이 해안지역으로 출정하여 소금을 나는 곳을 지배하던 그 지역의 왕에게 항복을 받기도 하였다.

왕칸 단의 말년에는 그 위세는 그 근방 몇백 리에 걸쳐 떨쳐나가기도 하였다. 단이 세운 아사달은 그 근처에서 처음으로 철기를 가진 선진국이었으므로 주위에서 감히 아사달에게 도전하여 오는 국가는 없었을 뿐만 아니라 이스라엘의 대장장이들이 아사달서 이틀 걸음에 있는 산에서 철광석을 발견한 후 철을 본격적으로 생산하자 이 철을 얻기 위하여 주위 여러 찐족들의 나라에서는 아사달에 뻔질나게 드나들면 왕칸 단에게 조공을 바치기 바빴다.

왕칸 단은 이들 나라를 차별하지 않고 모두 공평하게 대해 주위의 작은 찐족들 나라들에게도 철을 조금씩 나누어 주니 전 족장 에브라임이 주신족들 사이에서 대추장으로 옹립되었듯 땅돌의 나라뿐만 아니라 다른 찐족의 나라들 사이에서 단의 권위는 절대적이었다.

나중에는 남쪽 몇백 리에 신령한 산이 있다는 말을 듣고 왕칸 단이 내려가려 하자 그곳의 찐족의 왕은 얼른 달려와 단을 모시고 가서 단은 아사달 사람, 찐 사람들과 더불어 내려가 대접을 잘 받은 후 그 산으로 올라가 하나님의 제단을 쌓아 놓고 돌아온 적도 있었다.

# chapter **31**
# 古朝鮮, 柳京

**단 사람들이** 버들가지 우거진 강가(柳京)에 도성 아사달을 세웠을 때 국가체제란 것이 도시에 없었는데 국가체제는 찐 왕국이 더 체계적으로 되어 있어 그에 따랐다. 찐 왕국은 철로 된 도구를 이스라엘과 접촉하면서 사용하기 시작하였고 무기나 도구 등이 한참 뒤지기는 하였으나 국가로서의 사법 체계나 행정 조직은 이스라엘보다 훨씬 잘 정비되어 있었음으로 단 부족은 이를 흉내 내고 활용하여 나라의 체계를 잡아갔다.

나중에 아사달 지역에 심한 역병이 돌아 아사달이나 찐 왕국의 어린아이들이 많이 희생되었을 때 단의 여러 자식들뿐 아니라 땅돌의 하나뿐인 아들도 그때 죽었다. 자기를 이을 친 자손들이 모두 없어진 땅돌은 자신의 딸이 낳은 단의 둘째 아들을 자기 후계자로 삼는다고 선포하였다. 땅돌의 외손자인 육육은 어릴 때부터 외가인 땅돌에게로 보내져서 키워졌는데 자기 자식 중 하나는 찐에 보내어 키우려는 단의 깊은 생각이 있었음이었다.

찐 사람들은 육육을 남으로 보지 않았다. 땅돌의 남은 가장 가까운 핏줄기는 육육과 그의 형이 있었으나 육육의 형은 어릴 때 말을 타다가 다쳐서 몸에 이상이 있는 사람은 족장이 될 수 없다는 단 부족의 관습에 따라 우두머리가 되는 것은 처음부터 배제되었다.

육육은 원래 귀여운 아들이라는 벤아스라는 이스라엘 식의 이름이 있었으나 그의 찐 사람 어미가 부르는 이름, 씩씩하다라는 뜻의 찐의 말, 육육이 사람들에게 입에 더 굳어져 나중 이스라엘 사람들에게까지 육육이라 불렀다. 나중에 육육은 이스라엘 장로회의에서도 왕으로 선출되었다. 그때부터는 족장이 아니라 왕이라고 불리며 단의 자손들로 계속 왕위가 내려갔다. 즉 이스라엘과 찐은 자연스레 통합되었던 것이다.

단의 아들 육육 때에 와서 이스라엘의 족장 자리가 투표를 거치지 않고 세습되어 내려가게 된 이유는 유력한 사람들 중에서는 단의 자손들 같이 혈연적으로나 권위적으로나 이스라엘 사람들과 주신 사람과 찐 사람을 통합하여 다스릴 만한 인물들이 없었기 때문이었다.

단의 자손들은 그들의 할아버지인 에브라임과 그의 아들 단의 성격들을 이어 받아 성격들이 좋고 능수능란하여 이스라엘 사람과 주신 사람, 찐 사람으로 된 나라를 잘 화합시키며 이끌어 갔고 나중에는 몇 대 더 내려가자 족속의 구분이 없어지고 모두 아사달 사람 아니면 주신 사람이라고 일컫게 되었다.

이렇게 부르게 된 것은 아사달 사람들을 이루는 구성이 주신 사람들의 피를 받은 사람들이 가장 많았고 주위의 찐 사람들과 저기 남쪽에 있는 족속들도 자기들하고 말이 잘 안 통하는 이스라엘 사람들보다 그런대로 자기들과 비슷하게 생긴 주신 사람들하고 소통을 많이 하여 자연히 아사달 사람들을 모두를 주신이라 불렀기 때문인데 나중에 단 부족의 나라가 더 커지고 중국인들과도 접촉을 시작하자 중국인들은 주신을 朝鮮(조선)이라고 적어서 부르기 시작하였다

왕칸 단은 제사장들이 모두 없어졌으므로 할 수 없이 자신이 제사장이 되어 하나님께 제사를 지냈는데 양을 점점 구하기 어렵게 되자 아사달 도착 이십 년부터는 양의 피로 제사를 지내기 어려우면 곡물과 생선으로도 제사를 지낼 수 있다고 선포하였고 실제로도 그때부터 곡물로 제사를 지내기 시작하였다.

왕칸 단은 아사달에 자리잡고 처음에는 백성들끼리의 다툼이 있었을 때 자기의 판단과 모세의 10계명을 적용하여 백성들을 다스렸으나 아사달이 이스라엘 사람과 주신 사람들이 합쳐져 있는 나라이므로 어떤 상황 하에서는 판단이 쉽지 않아 새로 원칙을 세울 필요가 있어 아사달 도착 30년에 이스라엘

사람들의 장로와 주신 사람들의 장로를 모아 놓고 8개의 기본 법을 세워 공포하였다.

그것을 살펴보면

1. 남을 고의로 죽인 자는 죽어야 한다.
2. 남을 때려 다치게 한 자는 맞은 사람이 다친 부위를 때릴 때 맞아야 한다.
맞기 싫으면 상대방과 합의하면 된다.
3. 남의 물건을 훔친 자는 열 배로 갚아야 한다.
4. 강간한 자는 코와 물건을 자른다.
5. 간통한 남자는 상대방 남자에게 물건이 잘릴 수가 있고 싫으면 상대방과
합의한다.
6. 간통한 여자는 남편에 의해 물에 빠뜨린다.
7. 남의 밭이나 물건 등을 실수로 망가뜨린 자는 세 배로 보상하여야 한다.
8. 남을 거짓으로 모함한(거짓 증거를 대는) 자는 왼눈을 파버린다.

이 법을 만든 후 이 법의 원칙 하에서 각 마을 내에서 생기는 일은 사형 건을 제외하고는 마을 장로가 판단하여 마무리 짓고 마을과 마을이 다른 사람들 사이에 분쟁이 생겼을 시에만

왕칸까지 올라오도록 하고 되도록 송사보다는 화해와 조정을 우선하도록 하였다.

　무엇보다도 왕칸 단은 법이나 규례보다 이스라엘 사람들과 주신 사람들에게 크게 세 개의 원칙을 정하여 지키도록 하고 잊지 않도록 하였다.

**첫째.** 아사달 사람들은 하나님을 믿고 기도하며 우상을 만들지 않는다.
**둘째.** 아사달 사람은 부모에게는 효도하여야 하며 어른들을 공경하여야 한다.
**셋째.** 아사달 사람은 어려운 사람들을 열심으로 도와주어야 한다.

　왕칸 단은 힘이 다하여 하나님께 돌아가기 직전 모든 이스라엘 사람과 주신 사람 찐 사람을 모아 놓고 화합을 당부하면 돌아보면 하나에서 열까지 모두 하나님께 감사할 일만 있다고 하고 특히 단 사람들에게는 우리 이스라엘 사람들은 성격이 좀 한쪽으로 확 몰리는 경향이 있으니 유연성 있게 좌우를 살펴가면서 대처해가는 것이 정말로 중요하다고 이를 언제나 참고하라는 말을 하였다. 그리고 자기가 죽으면 하나님을 기념하는 단을 크게 쌓고 그 옆에 자기를 묻어 달라고 하였다.

그리고 이스라엘의 족장 자리는 찐국의 왕으로 있는 그와 찐족 여인 사이에서 낳은 그의 둘째 아들 육육에게 물려주고 싶다고 하여 육육은 이스라엘의 장로회의에서 투표를 거치지 아니하고 추대로 왕이 되었다.

왕칸 육육이 자기 아버지 왕칸 단의 무덤을 겸하여 몇 년간의 세월을 거쳐 크게 쌓아 놓은 하나님의 제단은 강물을 바라보며 웅장하게 자리 잡고 있었는데 그 강에서 몇백 년 후 아주 크게 물난리가 났을 때 물살에 의해 떠내려가고 흔적도 없이 사라졌다고 한다.

# 한겨레, 이스라엘 탈출 투쟁사 †

**지은이** 에브라임 오

**1판 1쇄 발행** 2019년 4월 15일

**지작권자** 에브라임 오

**발행처** 하움출판사
**발행인** 문현광
**교 정** 성슬기
**편 집** 박진우
**주 소** 광주광역시 남구 주월동 1257-4 3층 하움출판사
**I S B N** 979-11-6440-020-1

**홈페이지** www.haum.kr
**이메일** haum1000@naver.com

좋은 책을 만들겠습니다.
하움출판사는 독자 여러분의 의견에 항상 귀 기울이고 있습니다.

이 도서의 국립중앙도서관 출판예정도서목록(CIP)은 서지정보유통지원시스템 홈페이지(http://seoji.nl.go.kr)와
국가자료종합목록시스템(http://www.nl.go.kr/kolisnet)에서 이용하실 수 있습니다.
(CIP제어번호 : CIP2019013083)